La inocencia en la mentira

Anita Corro García

Derechos de Autor (Copyright @)

Todos los derechos de la obra son de la escritora Demetria Anita Corro García. Este libro La inocencia en la mentira no puede ser reproducido de cualquier forma, por cualquier medio, sin la autorización de la autora.

Fotografía del dibujo; cortesía de Efraín López Valvidares
Dibujo; cortesía del artista plástico Alberto González Santiago

Disponible a la venta en Amazon o con la autora a su correo electrónico corroana35@gmail.com

Ana_corrog
Instagram

Anita Corro
Facebook

Primera edición 10/ 31 / 2023

La inocencia en la mentira

Dedicatoria

A mis padres: Elpidia García y Leonardo F. Corro. Con amor y cariño para mis hijos: Metztli y Alam Mora Corro. A mi compañero de vida, Eduardo Mora quien con paciencia y comprensión me ha apoyado sin condiciones. Por ellos he logrado llegar hasta aquí.

Anita Corro

Agradecimientos

Mi reconocimiento y gratitud son para mi profesora escritora y poeta, Dra. Susannah R. Drissi, quien me ilustró con su experiencia en este aprendizaje. Gracias al escritor, Emmanuel Ruffa por su orientación en el proceso de escritora.

Agradecimientos al presbítero Jaime Ramírez Corro. Gratitud a mis excompañeros de secundaria: Iván Castillejos, Pablo Malpica, Elsa Valencia, Gabriel Cortes, Elizabeth Cristóbal, Cecilia García, Roberto Hernández, Benito Hernández, Jorge López, Laura Maya, Gustavo Medina, Antonio Méndez, Giovanna Mireles, Rocío Ortega, Martha Ortiz, Alfonso Pérez, Jesús Sánchez, Guillermo Tinajero. Gracias a mis amigos por sus palabras de retroalimentación para mejorar en el proceso: Janett Merino, Jessica Rayo, Sandra Ramírez, Astrid Anticona, Claudia Casas, Felipe Sandoval, Rigoberto Barreto.

Agradecida con mi hermana Patricia Corro por su apoyo en este emprendimiento. Gracias por leerme: Martin Bravo, Silvia Ramírez, Miguel Vargas, Elizabet Ramírez y Balbina Muños.

Especial agradecimiento a mi hermano José Corro García, al fotógrafo Efraín López Valvidares y al pintor plástico Alberto González Santiago por obsequiarme y permitirme utilizar la imagen para la portada de mi libro La inocencia en la mentira.

La inocencia en la mentira

Índice

Entre los cerros pedregosos 13

Una oportunidad para escapar 21

Mentir era un pecado 29

Una verdad incompleta 35

El uniforme gris 41

Habían cortado sus alas 47

La pueblerina 57

Ahora Dios es más importante que tu familia 63

Mi chaparrita 71

¡Al cabo que ni quería! 79

Se trata de obedecer 89

Nos echamos la firma del papá 99

Dibujó una ligera sonrisa 109

Mangos ácidos 119

Anita Corro

Servir al llamado 127

Una mirada compasiva 145

Como si se lo estuvieran diciendo a Dios 151

Aquí practicamos el voto de la pobreza 159

El fandango 165

Lo dulce y lo amargo 179

¡Y cuídate mucho! 189

Rosas blancas sobre un ataúd 197

La monja 205

Con la cara empapada 215

Caminaban juntas a la escuela 225

Aún con el retrato en su mano 233

¡Aquí no se desperdicia ni un segundo! 241

Aquellas caritas 249

El sol se dejó ver después de varios días de lluvia 263

Lo tenía en sus manos 273

Prólogo

Silvia Quezada

La historia de una persona puede convertirse en una novela. La vida proporciona acciones suficientes para lograr un personaje verdadero, capaz de adentrarse en la realidad de los lectores, haciéndolos sentir una corriente fraterna. Ita, la protagonista de esta novela es una joven mexicana que vive por una sola pasión: transformar de la mejor manera el destino que pareciera predestinarle el haber nacido en el sur de un país con escasas oportunidades educativas en su tiempo histórico.

Ita encarna, desde las primeras páginas, el poder del espíritu; se inconforma ante la idea de casarse en la adolescencia para atender a un marido y complacer los sentidos de ese hombre día y noche, anulándose a sí misma. Su madre le enseña a cocinar y a mantener el orden de una casa, su padre observa que aquella existencia de subordinación siga el curso ancestral. Ita arrastra consigo una meta clara: educarse, aprovechar las oportunidades al alcance para vivir mejor.

El título del libro *La inocencia en la mentira*, toca dos aspectos fundamentales en la trama. La inocencia se relaciona con el pensamiento juvenil de Ita, quien ha crecido como una niña de pueblo, protegida por sus padres, envuelta en creencias y formas de vida que la religión moldea, aunque no siempre convenza. Ita posee un corazón puro, lejano a la intriga y a la maldad, sin embargo, recurre a la mentira para lograr sus fines:

Anita Corro

finge que le interesa ser monja porque es el único camino para seguir estudiando.

La vida conventual se muestra desde las primeras horas del día, con oraciones y alabanzas cuando apenas despunta el alba y la protagonista, en etapa de crecimiento, apenas puede sostenerse en pie. La sinceridad con la cual Ita confiesa que se queda dormida mientras los rituales suceden logra una narración simpática por su naturalidad. La descripción de su cama, los alimentos y las faenas de limpieza completan el cuadro de costumbres de los espacios religiosos.

Ita exhibe de modo realista la convivencia con sus compañeras, con quienes no intima para no mentir demasiado respecto a su vocación, se vuelca en cambio hacia sus compañeros de clase, con quienes sostiene una amistad limpia que tampoco abunda en las particularidades del por qué vive en un convento. La historia incluye momentos fugaces de enamoramiento juvenil, que no pasa de miradas y suspiros entre las partes. En ningún momento *La inocencia en la mentira* cae en el facilismo de la novela romántica.

El entusiasmo del personaje por la lectura y el conocimiento, el deber cumplido y la ética son parte fundamental en la construcción de este ser de papel cuya psicología muestra a una mujer segura de sus metas, con un carácter decidido y dispuesta a apoyar a quienes lo requieren, aún a costa de su propio bienestar. Hay rasgos que el lector percibe procedentes de un alma noble, como el hecho de no ingerir la comida del otro cuando este es más débil.

Los espacios de la obra son lugares atemorizantes al exterior, y llenos de inquietudes por el porvenir cuando

La inocencia en la mentira

suceden a puerta cerrada. Una muestra significativa es la parte inicial de la novela, la cual presenta a una jovencita de quince años cuyo futuro bien podría llegar sin demasiados sobresaltos: conocer a un joven, establecer un noviazgo corto y casarse, plan sencillo si ella sigue aprendiendo de la madre cómo preparar un plato fuerte con tortillas.

El escenario lejos de casa no solo es incierto, sino peligroso. Las jovencitas que se han ido regresan muertas, si es que vuelven. Ita sueña con ser una mujer casada con muchos niños, pero en el fondo sabe que tal vez podría conocer más del mundo y tomar decisiones tan importantes como el de unirse a otra persona por convicción propia. Ita quiere aprender, ser útil a la sociedad, prepararse mejor para encontrar la felicidad personal.

El cierre de esa primera escena narrativa es decisivo: "Estaba segura de que en algún lugar del mundo las mujeres contaban con muchas posibilidades. Pero para descubrirlo tenía que escaparse del pueblo." Este pensamiento es constante en todos los apartados del libro, la curiosidad intelectual de Ita la lleva a tomar decisiones para mejorar cada una de sus condiciones de vida. Ita actúa con inteligencia, "se escapa", pero no como una fugada en la oscuridad de la noche, sino como una aspirante a novicia, amparada por el mayor poder pueblerino, el de la Iglesia.

Es pertinente señalar que la Iglesia muestra algunas de sus costuras remendadas por siglos, la lascivia de algunos sacerdotes, quienes aprovechan su figura de autoridad para cometer actos sexuales en contra del

Anita Corro

pudor de sus feligreses, el uso discrecional de las limosnas recibidas, el autoritarismo sin argumentos de aquellos que han crecido con la idea de obedecer a "los hombres y mujeres de Dios".

Anita Corro logra transmitir con esta novela las ansias por vivir una existencia mejor de la predestinada, incita a sus lectores a reflexionar sobre las acciones que se podrían llevar a cabo para trascender más allá de las limitaciones propias del sitio geográfico donde se nace. *La inocencia en la mentira* reúne las virtudes de una prosa clara y motivadora. Es una narración sencilla y bien escrita, capitulada para ir avanzando con la seguridad del triunfo de su protagonista.

La literatura escrita por mujeres tiene en esta pieza narrativa de tono autobiográfico, la historia de una muchacha humilde quien, con tenacidad, logra alcanzar sus metas, siguiendo el camino recto del aprendizaje y el buen comportamiento. La juventud de Ita encuentra en el sacrificio y la obediencia a los mejores aliados para transformar su vida. Los personajes secundarios cumplen la función por la que fueron creados: son el espejo ante el cual se mira la dueña de un fruto cultivado con paciencia.

La inocencia en la mentira es una lectura a la que puede acercarse un lector adolescente, para acompañar a una muchacha cuya ingenuidad encantará; es una novela para adultos, quienes valorarán sin duda cada decisión de Ita, y, sobre todo, es una historia dirigida al público interesado en recorrer el mundo del México profundo, con sus creencias, sus carencias y oportunidades.

La inocencia en la mentira

Entre los cerros pedregosos

Anita Corro

La inocencia en la mentira

Como todos los lunes, aún con los destellos del alba, se puso a hacer tortillas a mano. A sus quince años, Ita preparaba la cocina. Ahora le tocaba amasar la masa en el metate y atizar la leña para calentar el comal de barro que posaba sobre las tres piedras en el tracuile. Colocó el machigüe cerca del metate para lavar sus manos, mientras torteaba los texlales. La noche anterior su madre había cocido el nixtamal, por la mañana lo llevaría a moler al molino del pueblo. Ya había lavado la bolsa de plástico. Después de secarla con una servilleta de tela, la dobló en cuatro partes y la cortó con las tijeras para formar dos círculos. Sobre uno de los plásticos puso el texlale y con la mano izquierda lo hizo girar, mientras iba dando golpes suaves con la derecha hasta extender la tortilla. Esa era su rutina. Siempre la misma.

Hacía ya algunos años que había terminado la primaria, sin embargo, no iba a la escuela. Las mujeres no lo necesitaban, eso era lo que los padres les decían a sus hijas en el pueblo. Lo que deberían aprender, lo harían de sus madres, y ya. La tradición decía que, al principio, solo se debía prestar atención, hacer silencio y escuchar. Por eso, ese día, se paró al lado de su madre: una mujer dedicada, únicamente, al hogar e incapaz de quebrantar las leyes de Dios. Ita, entonces, se dispuso para observar cómo se preparaba el platillo típico del pueblo: un guachimole.

—Fíjate bien, esta es la manera que le tienes que hacer la comida al que vaya ser tu marido.

Agregó al agua hirviendo en una olla de barro la carne de puerco, con una cucharada de sal. Ya cocida la

Anita Corro

carne, la frió en una cazuela —también de barro— usando la misma grasa del animal. En un comal, Ita ayudaba a asar el chile costeño seco —que en aquella ocasión era amarillo—. La madre, con la ayuda del metlapil, molió en el metate el chile asado, con tres dientes de ajo y un puñito de comino, que luego agregó en la misma cazuela junto con la carne. Mientras todo se freía, machacó en el metate unos tomatillos verdes. Una vez que el chile estuvo bien frito, agregó el tomatillo colado.

—Así es como se tiene que hacer el guachimole, ¡presta atención! ¡Si no lo haces bien, nunca vas a conseguir un buen marido!

Después de unos hervores, añadió el ingrediente principal: semillas frescas de guaje martajadas y unas hojas de aguacate, para el sabor y aroma. Dejó hervir todo junto por unos minutos más. Con las tortillas ya hechas, el guachimole y los frijoles negros, se sentaron a comer todos juntos en familia. Aquel aroma penetraba en la piel y se expandía por el extenso patio de la pequeña casa de adobe.

Al terminar de comer, como era tradición, Ita y su madre levantaron la mesa. Debía de lavar los platos simplemente por el hecho de ser mujer. Siempre lo hacía con suficiente delicadeza para no romperlos. Mientras los enjabonaba, tenía la costumbre de fantasear con su futuro en aquel lugar. Se imaginaba casada con un joven guapo como los de su pueblo: probablemente alto, de tez oscura, de brazos largos, cabellos oscuros y ojos negros. Quizás dócil como un cordero —algo que resultaría realmente imposible allí—. Se deslumbró imaginándolo fiel, amoroso, simpático, que no le gustaran las peleas de

La inocencia en la mentira

gallos y alegre —para que le quitara la timidez—. Tendrían muchos hijos. Niños y niñas. Amaba aquel lugar, pero deseaba salir corriendo. Se sentía atrapada en aquel pueblo entre cerros. La ciudad, de todas formas, tampoco era una opción. La gente mayor del pueblo siempre contaba la historia de aquella niña de catorce años que había ido de visita a la ciudad y había vuelto muerta. ¿Qué más se podría hacer además de lavar, planchar, cocinar y cuidar de los hijos? ¿Por qué una adolescente debía obedecer a su padre hasta que se casara? ¿Se podía vivir en ese pueblo con algo de libertad? ¿Sería posible para una mujer de pueblo llegar a realizar sus sueños? Estaba segura de que en algún lugar del mundo las mujeres contaban con muchas posibilidades. Pero para descubrirlo tenía que escaparse del pueblo.

La espuma del jabón, que fue agregando sin darse cuenta, irritó sus ojos verdes, le rozó la nariz y le provocó un estornudo que la hizo regresar a la realidad. Quería encontrar el pretexto perfecto para botar todo. Solo lo pensaba, no se atrevía a hacerlo: su timidez y honestidad se lo impedían. Había forjado una imagen dócil ante los demás. Todavía no había considerado como un avance rebelarse. Intentó romper aquellas burbujas, sin embargo, crecían y crecían. Las dejó que volaran tan alto como las nubes. Por mucho tiempo no las volvió a ver. Entre tanto, seguía pensando y acomodando los platos limpios en el armario de la cocina con un poco de dificultad, debido a su corta estatura.

Los quehaceres de la casa los hacía con dedicación como el resto de las mujeres del pueblo. En ocasiones, le

Anita Corro

tocaba ir a lavar al río cargando la batea de ropa sobre su cabeza mientras caminaba hacia El Llano, eso quizás podría llegar a impresionar a la madre de algún joven. Entre las mujeres del pueblo, generalmente, se comentaban las destrezas que sus hijas iban adquiriendo en las labores del hogar o qué señorita consideraban lista para que algún joven le pidiera la mano y se casara con ella cuando cumpliera los dieciséis, diecisiete o dieciocho. Tradición con la que Ita no estaba de acuerdo. Como tampoco estaba de acuerdo cada vez que le tocaba ir a ayudar a una mujer de la familia, cuando daba a luz. Debía hacer todos los quehaceres de la casa, algo a lo que ya estaba acostumbrada y conocía a la perfección. Así fue como se enteró lo difícil que era para una mujer dar a luz y los cuidados que se requerían después del parto. Las pocas veces que salía a la calle, observaba también con detenimiento a las madres jóvenes cargando a sus niños cuando iban a la tienda, a la iglesia, a lavar al río o los llevaban a la escuela. Esa era la rutina de toda madre en el pueblo: a tan corta edad vivían sujetas a un esposo que, prácticamente, no hacía nada más que trabajar, comer y dormir.

    Las tardes en aquel pueblo pedregoso eran tan iguales que no importaba si era lunes o viernes. Ita siempre prefería estar en casa. Ese día lo pasó recostada en su cama. Imaginó tener entre sus manos la textura de un libro diferente. Suspiró con la esperanza de oler aquel aroma a páginas empolvadas. Observar su blancura y las arrugas del papel entre sus manos. Acariciarlo desde la pasta, una por una pasaría las hojas entre sus dedos sin importar su tamaño. Esa tarde, recordó el primer día que asistió al kínder. Fue una mañana en la que se

La inocencia en la mentira

despertó con el corazón volando de alegría. Con esa única idea en su cabecita, bajó corriendo la calle —aún sin pavimentar— y llegó al jardín de niños: una casa de adobe con teja. A las pocas horas, subió de regreso cargando en sus hombros la desilusión. La maestra solo los había puesto a jugar a la víbora de la mar. No sacó en toda la mañana el lápiz y cuaderno que había llevado en su bolsa de plástico. Al siguiente día, su madre —con una mirada alegre en la transparencia de sus ojos— le hizo el favor de su vida: la llevó a la primaria, para cursar el primer grado. La habían adelantado un año. Aprendió las bases para dibujar, leer y escribir. Ese año fue en el que más afortunada se sintió como estudiante. El resto de los grados pasaron desapercibidos, no logró encontrar esa conexión entre alumno y maestro. Así pasaba los calurosos días en aquellos cerros: entre la rutina de los quehaceres y el aburrimiento.

Anita Corro

La inocencia en la mentira

Una oportunidad para escapar

Anita Corro

La inocencia en la mentira

Había pasado la mañana hojeando el único libro que tenían en toda la casa: la Santa Biblia. Ciertos domingos no le tocaba hacer las tortillas. Ahora solo debía barrer el patio. De fondo sonó el primer repique de campana. Lo único que estaba aprobado por su madre para dejar los quehaceres del hogar a medio terminar, era asistir a la Misa Dominical. Agarró la escoba para aventarla. Lo pensó como en tantas otras ocasiones, pero no se animó. Una vez más no se había animado. Como era costumbre, esperaba la segunda campanada para asistir a misa. Entró corriendo a la habitación y se cambió el vestido, también los huaraches de plástico por unos limpios. Limpió la tierra de sus pantorrillas con un trapo húmedo y se alisó un poco los cabellos largos y castaños, a los que no acariciaba seguido con un cepillo. Los maquillajes en su habitación no existían porque no eran de su estilo. En todo momento le gustaba ser ella misma. Dar un vistazo al espejo, tampoco lo era. Le atemorizaba enfrentar su realidad. El tercer repique se escuchó por todo el pueblo. Aquellas campanas no paraban de sonar, las podían escuchar hasta los chiveros por la Cuchilla Pastora.

Ita salió corriendo para la iglesia. A pesar de que le había tomado menos de los quince minutos habituales que tenía de recorrido, llegó tarde. Se sentó en silencio junto a las mujeres piadosas. Ese domingo no le tocó recitar el salmo. La jefa de las piadosas —una señorita güera, de corta estatura, solterona y mandona— no confiaba en su improvisación. Todo culpa de su tartamudez. Leer a la hora de la misa era su mayor

Anita Corro

miedo. Sentía vergüenza de que la gente del pueblo y los compañeros de primaria se enteraran de su confusión entre la "ene" y la "eme", la "be" y la "de" o la "jota" y la "ge". Sin embargo, quería enfrentar ese miedo. Pensaba que si practicaba la lectura varias veces antes de leerla podría controlarlo. Tampoco participaba en el coro. Se le hacían nudos en la garganta cada vez que intentaba cantar. Con paciencia y devoción, escuchó la misa, a pesar de que, a veces, no entendía lo que el sacerdote predicaba. Aun con sus dificultades, seguía pensando en la posibilidad de estudiar. Para Ita ir a la iglesia y leer la Biblia era casi como acudir a la escuela. Encontraba interesantes los eventos religiosos por ese vínculo que tenían con la educación. Leer la vida de algún santo, los evangelios o reflexionar sobre un versículo de la Biblia, lo relacionaba con el estudio. Esa ilusión se aferraba cada vez más en su pecho cuando se encontraba en la iglesia. Y ese domingo no fue la excepción.

Al final de la misa, el sacerdote hizo una invitación a los jóvenes para que participaran en un retiro espiritual que se llevaría a cabo en la ciudad. Les informó que saldrían el próximo viernes a medio día y que regresarían el domingo por la noche. Ita pensó de inmediato en la oportunidad de darse una escapada del pueblo. De hecho, se registró sin dudarlo. Estaba segura de que podía contar con el permiso de su madre, siempre y cuando se tratara de algún evento religioso. A la salida del templo, como cada domingo, ya la esperaban: Rafael —un primo lejano— y Facundo —su pretendiente—. Si bien ya se sentía atraída por la voz de Rafael, ese día no quería escucharlo. Facundo por su parte, no perdió la oportunidad para cortejarla, pero ella

La inocencia en la mentira

lo volvió a ignorar. Se despidió de ellos y comenzó a caminar aprisa de regreso a su casa, no le interesaba que las calles estuvieran aún sin pavimentar. Como de costumbre, se cruzó con algunos perros que salían de sus casas a hacer alboroto, pero ella no les prestó atención. Los viejitos la saludaban al verla pasar, pero ella se mantuvo en silencio todo el camino, con las manos metidas en las bolsas del vestido verde floreado. Por primera vez, caminó por las calles principales del pueblo con un poco menos de miedo.

Cuando por fin llegó a su casa, su madre ya había regresado de la misa y calentaba la comida. En seguida le contó sobre el retiro:

—¡Pos claro! Te hace falta salir, hablar con la gente. Conocer algún muchacho pa' que te cases, acuérdate que ya tienes quince y puedes tener novio. No que nomás te la pasas encerrada. Te hará bien ir a ese retiro. Y sabes que pa' que vayas a los retiros tienes mi permiso —le dijo muy animada. ¿Qué es eso de que le tienes miedo a la gente? ¿Qué te van a hacer? ¡Ni que comieran! Nomás sales a la iglesia. Es todo —continuó diciéndole.

—No salgo a la calle porque me da miedo la gente. Y eso de tener novio, pues ahorita no. Quiero hacer otra cosa que no sea solo estar esperando a casarme —le contestó mientras colocaba los platos sobre la mesa para la comida.

—¡Ni al molino quieres ir! —replicó la madre.

—Pos 'ora quiero ir a ese retiro. Quiero salir del pueblo. Quiero ver que hay en la ciudad.

El sacerdote del pueblo no se había percatado sobre la edad de Ita y de que el retiro era para jóvenes mayores

Anita Corro

de edad. Por eso, quiso hablar con ella. Cuando llegó a la oficina, se detuvo en la entrada casi por instinto. Todavía podía recordar cómo aquella mañana, después de la misa, la mandó llamar, cerró la puerta, la tomó por la espalda y, de inmediato, intentó meter la mano debajo de su blusa. Era la primera vez que le sucedía algo así. Eso la hizo actuar con prontitud: después de un forcejeo entre ambos, logró zafarse y salió corriendo. Desde aquel día, tomó la decisión, equivocada, de guardar silencio por amor a su padre, quien, seguramente, hubiera dado la vida por ella.

Desde la silla, con los brazos cruzados, dio un suspiro, se paró y le hizo saber que, de todas formas, iba a poder asistir al encuentro. —Te anoté en la lista sin preguntar tu edad, sé que fue mi error, comenzó diciendo aquel sacerdote alto, de cabello rizado y piel oscura. Apoyó sus manos sobre el escritorio y continuó:

—Como veo que tienes muchos deseos de asistir a ese retiro, haré una excepción. Ve a tu casa y prepara tus cosas, salimos el viernes al mediodía.

Se limitó a contestar con un está bien padre, desde la puerta de la oficina.

Se despertó más temprano que de costumbre. El equipaje estaba listo en la sala de la casa. La noche anterior la madre la había ayudado a elegir los mejores vestidos porque ella siempre había tenido buen gusto. Por las ventanas pequeñas en forma de triangulo de la cocina de adobe, salía un humo cenizo. Ita almorzó dos tacos de salsa roja acompañados con queso fresco que había sido cuajado el día anterior con la leche de cabra. Como tantas otras mañanas, añadió a su almuerzo una taza de atole de masa caliente. Con el aroma de aquel

La inocencia en la mentira

queso fresco y el calor de la lumbre sobre sus cabellos, se despidió tal y como lo marcaba la tradición: bendecida por sus padres. Caminó con su mochila sobre la espalda por la calle que llevaba a la iglesia. Llegó a tiempo a la cita en el curato, al igual que otras chicas de San Juan Trujano, San Nicolás Hidalgo y San José Zocoteaca. En esa ocasión, solo habían asistido mujeres. Pronto, el grupo partió a la parroquia de la ciudad. Salir del pueblo no sucedía casi nunca. Por primera vez Ita vio como ese viejo letrero de la entrada del pueblo que decía Guadalupe de Ramírez, se hacía más y más chico hasta el punto de desaparecer.

Anita Corro

La inocencia en la mentira

Mentir era un pecado

Anita Corro

La inocencia en la mentira

El párroco de San Juan Bautista, un sacerdote —de baja estatura, robusto y de tez oscura— al que algunos miembros de su parroquia intentaron envenenar por haber mandado a quitar la pila bautismal para ricos y solo dejar la de los pobres, se encontraba atendiendo a unas religiosas. Tuvieron que esperar en el corredor del curato por unos treinta minutos. Ahí, con ellos, también se encontraba una joven adolescente de uniforme de escuela secundaria federal. Estaba sentada en una banca de madera con un libro de texto abierto sobre sus piernas. Ita inmediatamente reconoció ese uniforme, era igual al que usaban sus excompañeros de primaria. La observó con curiosidad y tímidamente se acercó a ella.

—¿Usted también es monja? —preguntó Ita.

—No, yo solo soy aspirante, pero un día me gustaría llegar a ser una religiosa —replicó la joven.

—Entonces, ¿por qué tienes ese uniforme? —insistió.

—Porque estoy estudiando en la secundaria. En un ratito me voy a la escuela.

Ita imaginó mil cosas a la vez. Aquella joven le había dado la oportunidad de pensar, ahora, en la posibilidad de estudiar. La emoción de asistir a una escuela había empezado a dar vueltas en su cabeza. De inmediato, se le vino a la mente que ingresar a un convento le daría la posibilidad de estudiar. Pero primero debería ingeniárselas para escapar del pueblo. Ninguna idea le pareció más lógica que mentir. Pero mentir era un pecado. Acostumbrada a fantasear, nuevamente empezó a imaginarse convertida en monja. Se apartó por un momento del grupo. Entró en la iglesia y se arrodilló cerca del altar. Le pidió perdón a Dios. Perdón por lo que iba a hacer

El sacerdote del pueblo se acercó para darles la noticia de que se quedarían en uno de los conventos de la ciudad. Se encontraba ubicado a dos cuadras de la parroquia donde se llevaría a cabo el retiro. Casualmente, era el mismo convento al que pertenecía la aspirante del uniforme escolar. Caminaron rumbo aquel lugar. Ita recordó que ya había estado en un Centro de formación para jóvenes seglares dirigido por monjas, pero no había estado en un convento. El único monasterio que tenía en mente era el de aquella radionovela que solía escuchar por las tardes. No supo por qué, pero recordó ese episodio en el que las monjas de hábito negro enfrentaban sucesos tenebrosos y algunas de ellas morían o, simplemente, desaparecían para siempre. Llegaron al convento. El cura jaló el hilo de una pequeña campana, una monja de hábito negro abrió la puerta. Ingresaron apresuradas al convento. Ella observó en silencio aquel misterioso lugar. Junto a ella pasaron algunas hermanas vestidas de hábito hasta el tobillo, velo, medias con zapatos negros y un crucifijo plateado en el pecho. Parecían ser las jefas de la casa. Solo se dirigieron al sacerdote, nada más. Fueron las aspirantes, en cambio, las que les dieron la bienvenida.

Los invitaron a comer. Le sirvieron primero al párroco, luego a las hermanas. La comida era abundante. A pesar de lo flaca que era, Ita se sirvió dos veces: para comer no le daba pena. Algo que le había llamado la atención fue la vajilla, le pareció muy elegante, nunca había visto una así. Sentía que para comer no necesitaba de tantos cubiertos. Usó la cuchara para todo. De

La inocencia en la mentira

cualquier forma, no sabía como se utilizaba el resto. Decidió ignorarlos. Se dedicó, entonces, a observar a las aspirantes, esa era su forma de aprender sin participar. Al terminar se levantó para lavar los trastes como le había enseñado su madre, era su obligación por ser mujer. Se unió junto con las aspirantes quienes eran las únicas que se encontraban lavando. Le permitieron solo su plato. Luego los secaron y guardaron en su lugar. Después de la comida el sacerdote se marchó, les dijo que las dejaba en buenas manos.

Una de las hermanas se ofreció a darles un recorrido por el convento. Era una casa de dos niveles, con muebles antiguos y habitaciones suficientes como para un equipo completo de fútbol. También contaba con un patio central que conectaba con una escuela primaria, propiedad de las monjas. Mientras caminaban por los pasillos de aquel misterioso lugar, Ita imaginaba cómo sería su vida allí. Pensó que contaba con ciertas habilidades como cocinar y limpiar. No le prestó atención a lo que la hermana decía mientras caminaban, tenía la mente en el futuro: vestida de gris, viviendo en el convento y asistiendo a la secundaria. Una dulce sonrisa se le dibujó en su rostro, mientras concretaba la idea.

Al terminar el recorrido les asignaron la habitación de visitas donde dormirían las dos siguientes noches. Pasaron el resto de la tarde acomodando sus cosas y charlando con las aspirantes sobre la vida en el convento. Después de la cena, fueron a descansar. Ita no pudo dormir. La emoción de imaginarse estudiando no la dejaba. Por las mañanas usaría el uniforme gris y por las tardes el de la escuela federal, tal y como lo había observado con la aspirante. Pero también había algo más: le preocupaba que no la llegaran aceptar por ser tan joven. Sintió la obligación de rezar más de lo acostumbrado. Ahora sí tenía un motivo para empezar a pedir perdón todas las noches a Dios antes de cerrar los ojos.

El sonido insistente de la campana la despertó. Eran las cinco de la mañana. A pesar del desvelo, se levantó muy alegre. Desayunaron y se marcharon pronto al retiro en la parroquia. Allí había jóvenes de diferentes lugares, sin embargo, a Ita no le interesó hacer amistad con ninguno de ellos. Realizó todas las actividades del evento. Participó con alegría tanto en los juegos como en las reflexiones en grupo. Intentó poner más atención y participar en la misa de clausura. Solo para irse acostumbrando.

Entrada la tarde del segundo día, regresaron al convento. El grupo fue a despedirse de las monjas. Las religiosas les desearon buen viaje de retorno al pueblo. La superiora las invitó a regresar para conocer más sobre la vida consagrada. La intención era que alguna de ellas se animara a vivir ese estilo de vida. El cura se comprometió a traerlas de regreso, eso era parte de su trabajo también. Ita sabía en lo profundo de su pecho que regresaría muy pronto. Antes de lo que hubiera imaginado.

La inocencia en la mentira

Una verdad incompleta

Anita Corro

La inocencia en la mentira

Mientras Ita regresaba del retiro, la madre preparaba unas enchiladas de mole para recibirla. En cuanto la vio, la abrazó y lo primero que le dijo era que quería servir a Dios en el convento.

—Mamá, ¡me quiero ir al convento! ¡Quiero servir a Dios! ¡Quiero ser monja!

—Mejor ve a cenar enchiladas y me cuentas —le contestó muy confundida.

Ambas se dirigieron a la cocina y se sentaron a conversar. Se sirvió suficiente porque tenía mucho que contarle. Su madre solo la acompañó, ya había cenado. Juntas compartieron la pequeña mesa de madera pegada a la pared manchada de humo.

—¿Cómo está eso que quieres ser monja? Si solo fuiste pa' un retiro —preguntó mientras la observaba comer.

—Bueno, en el retiro escuché eso que llaman "vocación". Creo que descubrí mi vocación: quiero servir a Dios. Es todo.

—No te creo. Solo eres una escuincla. Pero si tú lo dices, creo que sería un buen lugar pa' ti. Allá no saldrás a la calle. Dicen que las mojas se la pasan rezando y no salen.

—Sí, será un lugar perfecto pa' mi porque ya sabes que no me gusta el ruido ni tampoco salir. Y parece que tienen una vida de paz, se ven muy humildes. ¡Me quiero ir pronto!

La temporada de lluvia ya amenazaba con su llegada al pueblo, la primavera estaba por concluir. Según sus primeros planes, debería acostumbrarse a la vida en el convento durante las vacaciones del verano ya que las clases iniciarían en el otoño. Se levantó de la mesa y lavó solamente su plato. La madre no dejaba de observarla intentando encontrarle la "cara de monja". En ese instante llegó el padre —alto, de piel oscura y delgado—. Les contó el resto sobre el retiro y sus deseos por regresar a ese lugar. Les dijo toda la verdad. Una verdad incompleta. Ambos quedaron sorprendidos ante la inesperada decisión de su hija. Su madre lo tomó con calma, le dijo que siempre la apoyaría, sobre todo si se trataba de Dios. Su padre, quien le permitía ciertas travesuras cuando era niña, ahora no estaba de acuerdo que se fuera sola a la ciudad. Ignoraba el estilo de vida en los conventos, la madre le explicó sin éxito. Pero eso a Ita no le preocupó: le advirtió que se iría igual, aun sin su permiso. Evitó mencionar la escuela para no provocar una discusión sobre si las mujeres debían o no educarse. Con escasas palabras, les dejó saber que quería ser una monja. El padre, quien acostumbraba con firmeza decir la última palabra en esos asuntos, en aquella ocasión, le cedió su lugar a Ita, solo para no discutir con su hija. Lo único que necesitaría hacer para sostener su plan, sería portarse mejor, ser más devota y asistir a todos los rezos en la iglesia.

Al siguiente día, por la tarde, Ita fue a la iglesia a rezar como de costumbre. Facundo Ramírez —su pretendiente— un joven alegre, coqueto, alto y de cabellos claros, la esperaba a la salida. Llevaba varios meses insistiéndole que aceptara ser su novia. Salió. Juntos caminaron hacia uno de los arcos del portal. En cuanto tuvo la oportunidad, él se acercó aún más, para convencerla de que aceptara ser su novia. Ella fue

La inocencia en la mentira

contundente: no solo lo rechazó como en otras Ocasiones, ahora quería ser una monja.

—¿Monja? Tá' bien que te gusta rezar, venir a la iglesia, pero ¿monja? ¡Reparió! ¿Quién te metió esas cosas en la cabeza?

—Nadie, ora quiero ser monja y me quiero ir del pueblo. Aquí siempre es lo mismo. La vida es muy aburrida. Quiero hacer otra cosa, no solo casarme y ya.

—Pos' yo te quiero. ¡Piénsalo! ¡Mejor vamos a casarnos y tener muchos hijitos! En el convento vas a estar encerrada. Conmigo vas a ser mamá, vas a cuidar a tus niños y a tu marido, o sea yo. ¿A poco no te gusta la idea? —le insistió el joven.

Ella solo se sonrió y se alejó.

—Pos' eso es lo que no quiero. No me quiero casar ahorita ni en dos ni tres años. No insistas Facundo. En el pueblo hay muchachas más bonitas que yo, casi todas son güeras como a ti te gustan.

Con la mirada perdida en el cielo, el joven pensó que era imposible competir contra Dios. Había escuchado que las monjas eran algo así como las novias de Cristo. Le tomó las manos, las besó y le deseo suerte. Se dio media vuelta sin decir nada más y se fue. Ella hizo lo mismo.

En cuanto tuvo la oportunidad, su madre le hizo saber al párroco la decisión de su hija: quería ser monja. Él le recomendó que la llevaran lo más pronto posible antes de que cambiara de parecer, incluso se ofreció a acompañarla. A Ita no le gustó mucho la idea. Quería ir solamente con su madre. Sin embargo, tuvo que aceptar la presencia del cura ya que era necesaria en esos casos.

Anita Corro

Acordaron el día: sería el sábado bien temprano. El párroco sugirió no llevar artículos personales, de acuerdo con las reglas de un convento, las monjas le proporcionarían todo lo necesario. Quedaron en reunirse en El Portezuelo para tomar el autobús de las cinco con destino a la ciudad. Una vez más ese letrero viejo de la entrada del pueblo se hacía cada vez más chico. Pero en esa ocasión, Ita no volteó.

La inocencia en la mentira

El uniforme gris

Anita Corro

La inocencia en la mentira

Por fin había llegado, estaba frente a la puerta del convento. Le temblaban las piernas. Su corazón latía con fuerza. Tenía la cara pálida, una cara que reflejaba la timidez que la caracterizaba. El sacerdote tocó la campana. Una aspirante les abrió. Sorprendida se dirigió al cura para darle la bienvenida e informarle que la madre superiora se encontraba actualmente en la capilla rezando. Los invitó a pasar. En su lugar, los recibiría la hermana Lucrecia. La tutora de todas las aspirantes, una monja alta, tez clara, corpulenta y de mirada fija, llegó sonriendo y le dio un abrazo de bienvenida a la nueva integrante. Recibió también a la madre con otro abrazo. Toda la atención fue, sin dudas, para el cura quien sonrojado aceptó los halagos y agradecimientos por haber traído a la nueva monja.

Era la hora de la comida. Todas, incluyendo las tres aspirantes, ocuparon la mesa principal. Lo hacían solo en casos especiales, como ese día. El comedor de madera reflejaba los rayos del sol que entraban por los tragaluces de aquel elegante comedor y hacían que la nueva aspirante se sintiera como en un castillo donde ella era la princesa. Durante la comida solo hubo carcajadas de alegría. Las monjas no podían creerlo. Estaban acostumbradas a salir a los pueblos en busca de jovencitas para convencerlas de vivir ese estilo de vida, pero con ella no tuvieron que hacer ningún esfuerzo. A la madre de Ita le preocupaba que su hija fuera rechazada por tener quince años. Por eso preguntó. La tutora enseguida le contestó que no había problema, entre más jóvenes mejor. Desde la cabecera de la mesa,

Anita Corro

la madre superiora, una hermana joven, alta, de ojos negros y con una sonrisa que transmitía alegría, también hizo un gesto de aprobación. Con esa respuesta, y con la amabilidad que mostraban con su hija, estaba segura de que no correría ningún peligro. Al terminar de comer, el cura le dijo a la madre de Ita que deberían regresar al pueblo ese mismo día. Ella le dio un último consejo: pórtate bien, mijita. Ita cruzó los brazos y su madre la bendijo.

El resto de la tarde se la dedicaron a la recién llegada. Entre todas las aspirantes y la tutora le hicieron saber que tenía que dejar su vestido verde floreado por el uniforme gris. Una de ellas se ofreció a regalarle su primer uniforme —era obvio que ya no le quedaba—. De todas formas, no era la primera vez que se pondría ropa usada. Lo aceptó. Después, la llevaron a mostrarle la habitación que compartían todas las aspirantes, en la que ya habían agregado una cama plegable para ella. Se notaba usada y desgastada por el tiempo. Le siguieron mostrando el resto del convento, mientras le repetían que se sintiera como en su casa.

Al terminar el recorrido llegó la hora de la merienda. Pero según las reglas del convento, era la hora de la cena. Una taza de té de hojas de limón y pan fue lo que sirvieron. A Ita le dieron dos panes. Las aspirantes permanecían en la mesa hasta que la tutora les daba las instrucciones para levantarse: tenían que lavar las tazas e ir a rezar la oración de la noche a la capilla y retirarse, recién ahí, a sus camas. También que por favor ayudaran a la nueva aspirante en todo lo que pudieran. Ya era una nueva hermana. De vuelta en la habitación, antes de irse a dormir, las tres aspirantes le mostraron cómo

La inocencia en la mentira

debería hacer la cama a la mañana siguiente. Tenía que quedar perfecta porque la tutora pasaba seguido a revisarlas.

Anita Corro

La inocencia en la mentira

Habían cortado sus alas

Anita Corro

La inocencia en la mentira

La campana sonaba y sonaba con insistencia. Ita sentía los ojos pesados, escuchaba aquel sonido muy lejos. Eran las cinco de la mañana. Rosita, una aspirante tímida, baja de estatura, piel clara y ojos color miel, fue quien la despertó. Le recordó que en quince minutos deberían hacer la cama y planchar la falda del uniforme, luego sería su turno para ducharse. Las monjas se bañaban primero. A las seis y quince ya estaba en la capilla, con el resto, para rezar las laudes de la mañana. La superiora —la hermana Raquel— dirigió el rezo ese día. Dio instrucciones a todas las hermanas de cerrar los ojos para la meditación, mientras comenzó a leer un texto bíblico. Ita no entendía muy bien qué sucedía, pero de todas formas cerró los ojos. A los pocos minutos se quedó dormida y su estómago empezó a rugir. La tutora se acercó, la despertó y le sugirió que fuera a la cocina para comer algo. Así lo hizo. Abrió el refrigerador —un aparato nuevo para ella ya que en el pueblo todavía no existían— y encontró un poco de arroz con leche. Se lo terminó todo, no dejó nada. Luego regresó a la meditación en la capilla. Esta vez, intentó cerrar los ojos sin dormirse. No pudo, se durmió igual. Ahora, se había alejado un poco más de la tutora y podía descansar sin que nadie la molestara.

A eso de las siete y quince asistieron a misa en la parroquia que les correspondía. En esa oportunidad, dos de las hermanas mayores leyeron la palabra de Dios. Sin embargo, no cantaron. De eso se encargaba la señorita Casilda quien, a pesar de los años, celosamente, lo hacía solo ella en cada Celebración Eucarística. Después de las

Anita Corro

lecturas, el sacerdote llamó a Ita frente al altar y le colocó un crucifijo bendito a petición de la superiora. Inclinó su cabeza, mientras el padre oraba por ella. Luego de que le dio la bendición, pasó a su banca a lado de sus hermanas. Por momentos cerraba los ojos, tenía sueño. Cuando llegó el momento de tomar la comunión, la tutora se acercó y le dijo al oído a Ita que podía ir a recibir el cuerpo de Cristo solo si recién se había confesado. De lo contrario, que no lo hiciera. No recordaba con exactitud su última confesión, sin embargo, algo dentro de ella le pedía que fuera. Recibió el cuerpo de Cristo. Sintió que era igual de feliz como cuando se confesaba, aun sabiendo que no decía toda la verdad. Al finalizar la ceremonia, el párroco y los vicarios —dos sacerdotes jóvenes— con entusiasmo le dieron a Ita la bienvenida. Al igual que con el resto de las chicas, la invitaron a participar en el grupo de las catequistas. Aceptó con gusto, a pesar de no tener idea de qué significaba serlo.

Al regresar de la misa, algunas monjas fueron a sus habitaciones y otras a una sala privada a preparar sus clases. Eran vacaciones de verano, no obstante, adelantaban su trabajo. Las aspirantes, por su parte, iniciaron las actividades de limpieza correspondientes a ese día: limpiaron el piso del corredor donde recibían a las visitas, lavaron los baños, limpiaron la capilla y prepararon el desayuno. Ita no sabía qué hacer. Se quedó parada en el medio del pasillo, mientras observaba a sus hermanas trabajar. La tutora, la llamó de inmediato para darle instrucciones:

—Durante este mes, después de cada misa, vas a barrer el patio, así te acostumbras a los quehaceres

La inocencia en la mentira

diarios. También tendrás la clase de las aspirantes. Luego deberás ir a adorar al Santísimo por una hora en la capilla. Después de cada comida, ayudarás a lavar los platos. Por las tardes leerás la vida de nuestra fundadora, rezarás el rosario y le darás de cenar a los gansos. Según lo que nos comentó el sacerdote de tu pueblo, no has hecho la secundaria. Aquí irás al colegio como el resto de las aspirantes, necesitamos que estudies. ¡Ah, otra cosa! Tienes que controlar tu apetito y tu sueño. No te puedes dormir en la capilla ni durante la misa, ¡es una falta de respeto a Dios! ¡Y eso a Él no le agrada! Acostumbra, además, a tu estómago a comer únicamente en los horarios que está permitido en la congregación.

Ita se limitó simplemente a escuchar y dijo que sí a todo. En su casa no existían esas reglas: dormía cuando tenía sueño y comía cuando tenía hambre. Nadie le decía nada.

—¡Ah, por cierto! Se me olvidó comentarte que debes escribir una autobiografía. Ve a nuestra sala privada allí puedes concentrarte mejor, tómate tu tiempo. Aquí tienes seis hojas en blanco y este lapicero. Necesitas escribir toda tu vida, desde el día en que naciste hasta ahora. Necesitamos saber todo de ti.

—¿Qué es autobiografía?

—Son todos los acontecimientos de tu vida al lado de tu familia o amistades. Tienes que escribir todo lo que recuerdes. ¿Me entendiste?

—Está bien, lo voy hacer —le respondió Ita con un tono cargado de duda.

Después de cinco minutos, regresó con las hojas en la mano. Había escrito solo la mitad de una cuartilla. No

Anita Corro

creyó necesario que aquellas monjas tuvieran conocimiento sobre su familia. Además, consideraba que sus pensamientos y secretos le pertenecían a ella y debían permanecer en su pecho.

—¿Es todo lo que recuerdas? —preguntó la tutora con admiración.

—Sí, siempre se me olvidan las cosas —concluyó entregándole el resto del papel y el bolígrafo.

—Está bien. Regresa a la cocina con tus compañeras.

En seguida se oyó una nueva campanada: era la hora del desayuno. Ahora todo regresaba a su rutina habitual. Las monjas se ubicaban en el comedor principal, mientras que las aspirantes ocupaban la mesa de la cocina. Ese día, mantuvieron abierta la puerta de madera que unía la cocina y el comedor durante toda la comida. Ita estaba segura de que la tutora la observaba. No sabía si comer suficiente o quedarse con hambre. Observó la cantidad que se habían servido sus compañeras. Una de las aspirantes, Ashley —quien era de la ciudad—, le enseñó a utilizar los cubiertos. Comió poco. La comida le pareció insípida, no era como la de su madre. Al terminar limpiaron las mesas y lavaron todos los platos. Luego los secaron y guardaron en su lugar.

Seguido al desayuno, terminaron sus quehaceres. Después fueron a la reunión de aspirantes. La tutora se caracterizaba por ser una monja: estricta y exigente con sus discípulas, cuando tenía la oportunidad les repetía que de esa manera las convertiría en unas mojas humildes. En aquella primera clase, quería conocer el nivel académico de su hermana menor. Ita contestó que hacía tres años había terminado la primaria. De inmediato, la puso a leer un párrafo sobre la biografía de

La inocencia en la mentira

la fundadora de la organización. Leyó lo mejor que pudo, a pesar de las muecas de disconformidad que hacía la tutora.

—Tienes que terminar de leer este libro de quinientas páginas antes de iniciar las clases escolares. Vete a sentar.

La prueba continuó. Ahora tenía que buscar en el diccionario la palabra "jitomate" quería saber si se escribía con ge o con jota. Le acercó el diccionario. Con tranquilidad, tomó aquel libro —era algo nuevo para ella— lo puso sobre la mesa y lo abrió por partes. Empezó a buscar. Se tomó su tiempo. Por fin la encontró. Estaba tan emocionada que enseguida y sin pensarlo, le respondió a la tutora en voz alta: se escribe con jeta. La monja Lucrecia con la seriedad y formalidad que la caracterizaba, se puso de pie y dejó caer las manos sobre la mesa. Parecía que iba a decir algo, pero no se atrevió. Se dio la vuelta y abandonó la clase. Ita no sabía qué había sucedido. Estaba feliz por su logro. Apenas la tutora salió del salón, una de sus compañeras soltó la carcajada. Ita seguía sin comprender. Ashley le explicó y ambas estallaron en risas. Ita pensó que la tutora le llamaría la atención nuevamente, como lo había hecho en aquella oportunidad, por haberse quedado dormida. Preguntó qué debía hacer. En coro le contestaron que tenía que ofrecerle disculpas. Cuando tenga la oportunidad le contestaré con jota, pensó.

Volvió a la capilla para orar, le tocaba su turno. Llegó puntual a la hora que le asignaron. Una monja se encontraba de rodillas rezando. Al verla entrar, se puso de pie y le hizo señas para que se hincara en el único

Anita Corro

reclinatorio que había en el centro de la capilla. Así lo hizo. La hermana le dio una palmadita en la espalda y se fue. Ita se encontraba sola en la capilla frente al Santísimo. Dio las gracias por la comida y el techo, tal y como le había enseñado su madre. Pidió perdón por haber mentido. De la nada, se puso a contar los ladrillos de la pared. Temía dormirse. Los contó todos. Siguió con los del piso, a esos les dedicó más tiempo. Eran lizos y brillosos. Deslizó las yemas de los dedos y notó lo sedosos que eran. Incluso podía verse ella misma reflejada. Miró el reloj en la pared. Le quedaban cuarenta y cinco minutos. Siguió mirando su reflejo en el piso. Volvió la mirada hacia arriba, en compañía de Dios y dijo:

— El piso tá' bonito, Señor. En las misas los padres dicen que te mereces lo mejor. Yo he estado en capillas en los pueblos donde el piso era de tierra y te sentía igual. Bueno, tu sabrás. Perdón si me llego a cabecear. No me quiero dormir porque me llamarán la atención. Además, no te gusta, dice la tutora. Pero yo tengo sueño. ¿Me vas a castigar si me duermo? El cura dice que eres nuestro Padre. Los padres no castigan. Los padres aman. Si tu me amas como yo a ti, entonces me voy a dormir. Estoy segura que no me castigarás. Tal vez la tutora me castigue, pero tú no. Soy parte de ti. No podrás castigarte a ti mismo. Solo un ratito, ¿sale?

Apenas terminó de pronunciar aquellas palabras, se quedó dormida sobre el reclinatorio. El turno había terminado antes de lo que había podido imaginar. Otra monja llegó a sustituirla y fue quien la despertó, prefirió no decirle nada. Sólo la tutora debía llamarle la atención. Enseguida salió de la capilla. En la puerta se aseguró de

La inocencia en la mentira

que la tutora no la observara: abrió los brazos y expulsó un poco de aire. Estaba feliz, había dormido. Y hasta había pedido perdón.

Después de la comida, la tutora fue en busca de Ita. Se encontraba en el patio leyendo la vida de la fundadora. Le pidió que por favor dejara la lectura y la acompañara. Salieron del convento. Aprovechó aquella ocasión para pedirle disculpas, pero la tutora ni le contestó. Mientras caminaban, le informó que irían a la peluquería: le cortarían el cabello. Ita guardó silencio. Llegaron. La monja le dio instrucciones a la estilista sobre cómo debía cortarle el cabello: corto, muy corto. Ita tenía el cabello largo. No le agradaba peinarse, pero amaba su cabellera. En seguida sintió las manos de la mujer sobre su cabeza y ese ruido metálico de tijeras rozando sus cabellos. Eran tan largos que la peluquera sugirió trenzarlo antes de cortarlo. Las tijeras seguían zigzagueando. Encogió sus hombros, agachó la cabeza y cerró los ojos. Podía sentir como las tijeras cortaban su pelo. Temía dormirse. En ese instante, sintió algo que la desveló. Habían cortado sus alas, habían cortado su trenza. Ya no era ella. Ahora era una aspirante, era una monjita más. Cortarles las alas a las mujeres parecía ser una de las reglas de aquel convento.

Regresaron. Ita tenía los ojos rojos y no hablaba. Era la hora de la merienda, pero como no tenía hambre prefirió adelantar el rezo. Fue a la capilla. Lloró, lloró mucho: se prometió que esa sería su última vez. Regresó a su habitación con los ojos aún húmedos y se acostó. Algo la incomodó, era el resorte de la cama. Lo ignoró. Solo podía pensar en su cabello. Acurrucada, todavía con lágrimas en su rostro prefirió dar las gracias: por el ruidoso techo de lámina, por los ventanales sin cortina, por la puerta de madera desnivelada y desgastada, por el piso de cemento granulado, por poder respirar entre esas paredes, verde opaco, descascaradas por el tiempo y el descuido. También por la comida y el uniforme. Cerró los ojos y se durmió. Esa noche no pidió perdón como había prometido que lo haría.

La inocencia en la mentira

La pueblerina

Anita Corro

La inocencia en la mentira

El otoño había iniciado. Las monjas se preparaban para regresar a trabajar: el convento tenía una escuela primaria que funcionaba como su fuente principal de ingresos. Tanto las monjas como las aspirantes participaban en las labores. Para colaborar con la parroquia, dictaban clases de catequesis —de forma paralela al año escolar—, los sábados. Por las mañanas, Ita ayudaba con las tareas del convento y por las tardes tenía que asistir, al igual que el resto de las aspirantes, a la secundaria. Según la Secretaría de Educación Pública, aquellos jóvenes que no cumplían con los requisitos de edad y habían dejado de estudiar, se consideraban adultos —esa era la situación de Ita—. La tutora había encontrado el lugar adecuado para su discípula. Debería asistir a la escuela secundaria para trabajadores. Le entregó toda la información junto con el horario de clases y también le compró el uniforme. Además, le comentó que la institución le proporcionaría los libros.

Después de la comida partió a la escuela. Tardaría alrededor de unos veinte minutos. Cuando llegó, le impactó ver que el edificio era muy pequeño: tenía un solo piso, unas cuantas aulas, carecía de espacio para practicar deportes y no contaba con un laboratorio. Entró. Le pareció que había pocos estudiantes. Tal y como iban llegando, se iban agrupando en el centro del patio y después se dirigían cada uno a sus salones. Preguntó por ahí por el salón de primer grado, pero nadie le contestó. Se quedó parada, allí, en medio del patio. El conserje se acercó para preguntarle por su grado, luego, le indicó el salón.

Anita Corro

Entró a clases. El maestro ya se encontraba en su escritorio. Le indicó que se sentara en el último asiento de la esquina, a su izquierda. Caminó hacia allí y tomó asiento, mientras todos la siguieron con la mirada. El maestro les pidió que se presentaran. Uno por uno lo fueron haciendo hasta que le tocó su turno.

—Me llamo Ita. Vengo de un pueblo del sur. Tengo muchos deseos de aprender a escribir y a leer —dijo con la voz quebrada.

El maestro se puso de pie y se dirigió a ella.

—Entonces eres de pueblo. Vienes de un rancho o algo así. Bueno, espero que pronto te acostumbres a la ciudad.

De esa manera le dio la bienvenida. A la vez, dejó que se presentaran el resto de los estudiantes, eran doce en total. Al terminar, el maestro tomó la palabra.

—No quiero excusas. Ya sé que todos trabajan, pero eso no quiere decir que no pueden traer sus tareas terminadas a tiempo. Las pueden hacer durante la noche al finalizar sus clases o durante su descanso en el trabajo. También los quiero a tiempo en mi clase. Cinco minutos tarde es una falta. Ahora, si yo llego tarde, no quiero escándalos, se ponen a terminar sus tareas. Ustedes saben que necesitan el certificado de secundaria para que la empresa en la que trabajan, lo archive y puedan continuar en sus puestos. La mayoría de ustedes me conocen por el curso de verano que tomamos juntos para adelantar. Curso al que la pueblerina no asistió.

Miró a Ita, la señaló y continuó diciendo: espero que te pongas pronto al corriente con tus compañeros. Siguió hablando durante un largo rato, mientras acomodaba unos libros sobre su escritorio. Después escribió en el

La inocencia en la mentira

pizarrón, los alumnos tomaron nota y así dio por finalizada la jornada. Las otras tres clases de la tarde no tuvieron nada de especial, fueron muy similares.

La escuela secundaria no era lo que Ita había imaginado: sus compañeros de grado eran mayores que ella, trabajaban por las mañanas y por las noches asistían a clase. Solo cuatro horas bastaban para obtener el certificado. Todo eso no la convencía. Sin embargo, debía de aceptarlo, era lo que las monjas le habían conseguido debido a su edad.

Las noches en aquella escuela transcurrían lentas y aburridas. Se impartían únicamente las clases básicas: historia de México, matemáticas, ciencias naturales, ciencias sociales y español. En cada clase, a los maestros se les veía muy cansados, de seguro debería ser porque en las mañanas trabajaban en otras escuelas. Siempre llegaban tarde a sus clases, eso parecía ser costumbre ya y siempre terminaban de cinco a diez minutos antes del horario. Era evidente que no les importaba el futuro de sus alumnos. Solían decirles a sus pupilos que, si ya contaban con un trabajo y eso lo consideraban como lo más importante, ahora sólo debían de pasar sus clases con un setenta por ciento, al menos, para obtener su certificado y mantener sus puestos. En ningún momento los motivaban a asistir a la universidad o los animaban a tener sus propios negocios.

Normalmente, cuando Ita regresaba al convento, ya se había pasado la hora de la merienda. Por eso, casi siempre, cenaba un té con pan. Al terminar la última oración del día, se despedía en la puerta de la capilla para ir a su habitación y no comentaba nada de la gran

Anita Corro

desilusión que aquella escuela le había provocado, a todas les contestaba lo mismo: que le iba muy bien. Ya en el cuarto, se dedicaba a su tarea, porque sabía que a la mañana siguiente estaría ocupada con las labores del convento.

Antes de cerrar los ojos, daba gracias a Dios por la oportunidad de estudiar que, generosamente, las monjas le estaban dando. No lloraba, prefería dormirse. Una y otra vez se olvidaba de pedir perdón.

La inocencia en la mentira

Ahora Dios es más importante que tu familia

Anita Corro

La inocencia en la mentira

Una mañana, al salir de misa, el vicario les comunicó a las aspirantes que el siguiente domingo terminarían con sus clases para ser catequistas: la cuarta y última clase. Solo con eso ya estarían listas. Entre risas contestaron que no faltarían. Se despidieron del sacerdote y partieron al convento. Ita no se permitía acercarse a los curas, procuraba tratarlos a distancia. Empezó a caminar a lado de la hermana superiora. La monja admitía, en ciertas ocasiones, que la tomara del brazo, mientras platicaban sobre la vida consagrada a Dios. Incluso, ya la había empezado a llamar "hija". Disfrutaba de su compañía como lo hacía cuando la invitaba, solo a ella, para asistir a fiestas de bautizos o bodas. La tutora se acercó interrumpiendo bruscamente la conversación para pedirle a su discípula que la acompañara al dentista después del desayuno. Sin inconvenientes aceptó. Parecía que era común que las monjas pidieran ayuda a las aspirantes con algún quehacer o que las acompañaran a algún lugar.

Al terminar el desayuno buscó a la tutora por todo el convento, pero no la encontró: al parecer ya se había marchado. Su compañera Rosita, un poco nerviosa, le hizo saber que la había estado buscando y le sugirió que saliera de inmediato. Era una mañana calurosa, el aire se sentía seco. Ita llevaba puesta una falda gris que le cubría las rodillas, un chaleco del mismo color, una blusa blanca de manga larga y medias gruesas. Ese era uno de los dos uniformes con los que contaba. Salió aprisa del convento. Sin querer, azotó la puerta con torpeza. La tutora alcanzó a escucharla, volteó a ver, pero la ignoró.

Anita Corro

Empezó a caminar tras ella para intentar alcanzarla. Llegó al primer semáforo. Se quedó parada en la esquina observando los autos pasar y la gente que se detenía. Sintió algo extraño en el pecho. La tutora ya había cruzado la calle y cada vez se alejaba más. Luego de unos minutos los autos se detuvieron y las personas empezaron a cruzar. Ella también cruzó. Siguió caminando acompañada del estruendo de aquella gran ciudad. Los autos pasaban con sus bocinas ruidosas a gran velocidad, pegados a la acera. Había tanta gente que no podía avanzar. Cuando la tutora llegó al siguiente semáforo, se detuvo, miró a ambos lados, cruzó y siguió su camino. Corrió para alcanzarla, pero los autos se lo impidieron. Nuevamente tuvo que esperar. Siguió avanzando por la acera. En la siguiente esquina la tutora desapareció, la había perdido de vista. La ansiedad aumentaba en su pecho, el miedo ya se había apoderado de ella. Mientras corría a la esquina esperando poder encontrarla, se frotaba las manos con nerviosismo. Cuando llegó a la esquina no la vio. Se quedó parada buscándola con la mirada en las cuatro direcciones. No la encontró. Siguió caminando algunas cuadras más hasta que, por fin, pudo dar con el lugar. Entró.

Era un local pequeño, con una sala principal y un consultorio atrás. Unas pocas sillas de madera y una planta media seca adornaban el ambiente. La recibió una secretaria muy joven. La invitó a pasar y tomar asiento. Allí se encontraba la tutora esperando su turno. Al verla, sintió que nacía de nuevo. La monja leía relajada una revista. Ella tomó una revista también. Tenía sed. La monja continuaba leyendo. Salió el dentista, la saludó y la invitó a pasar. La tutora entró al consultorio con él. Ita

La inocencia en la mentira

se mantuvo hojeando la revista, mientras trataba de comprender lo que había sucedido. Cuando mi mamá me pide acompañarla a la iglesia, siempre caminamos juntas y platicamos, pensó.

—¡Todos están bien locos en esta ciudad! Los carros y la gente me dan mucho miedo. Pero lo peor, es que me sentí como un perro corriendo atrás de su dueño. ¡Pos' no soy su hija, no me tiene que querer! ¡No soy su sobrina o algo así! Ella dice que todas en el convento somos hermanas y que son como nuestras madres. ¡Uy! ¡Gracias a Dios no lo es! ¿Por qué tengo que decirle madre? No somos familia —dijo en voz alta casi como si le estuviera hablando a la secretaria.

Seguía con sed. Preguntó por un poco de agua a la recepcionista. Le acercó un vaso. Se lo tomó de un solo trago. Le dio las gracias y regresó a su asiento. Sentía ganas de llorar, pero no lo hizo. Había prometido, ya hace un tiempo, no hacerlo.

El dentista, un hombre alto, piel oscura y de corazón noble, salió nuevamente, en esta ocasión se dirigió a ella.

—¿Usted viene acompañando a la hermana Lucrecia?
—Sí, doctor.

El dentista le pidió que abriera la boca. Lo hizo. Le explicó a la monja lo que necesitaba.

—Regresaré la próxima semana para terminar mi tratamiento, ¿le parece? —le contestó ignorando su comentario.

—Se lo haré gratis —insistió el dentista.
—Está bien. La traeré conmigo —replicó.

Salieron del consultorio. Se aseguró de salir a lado de su tutora. Caminaron juntas.

Anita Corro

—Tienes que ir practicando los votos que se profesan en nuestra congregación —comenzó a explicarle la monja.

—¿Qué votos?

—El primero es la obediencia, el segundo la pobreza y el tercero la castidad. El día de hoy debiste obedecer cuando te pedí que me acompañaras al dentista. Tuve que venir sola porque tú no estabas lista. Y sí, no te esperé. Eso fue para que aprendas a ser responsable cuando una hermana te pide un favor. Si la superiora te ordena plantar un rosal con los pétalos en la tierra y la raíz hacia arriba, así lo tienes que hacer. Eso es obedecer, ¿te queda claro? Espero que lo que sucedió el día de hoy no se repita.

Comprendió sin inconvenientes todo lo relacionado con el voto de obediencia y pobreza, en el pueblo se hablaba mucho sobre eso. Sin embargo, no comprendía el de la castidad.

—¿Qué quiere decir castidad?

—Quiere decir que por el resto de tu vida solo dedicarás tus pensamientos a nuestro Señor Jesucristo y no pensarás en ningún otro hombre.

—¿Ni en mi padre?

—No, porque Cristo dijo que dejáramos todo para seguirlo, incluyendo a la familia. Ahora Dios es más importante que tu familia, por eso podrás visitarlos solamente dos semanas cada año.

Seguía sin comprender. Parecía que las monjas eran lo más importante. Pensó en lo que el cura decía en las misas en el pueblo: lo más preciado es la familia. Prefirió no preguntar más, temía volver a molestarla. Caminaron aprisa por la ciudad. La tutora siempre enfrente y ella un

La inocencia en la mentira

poco más atrás. Algunas personas saludaban a la monja al pasar, el habito negro y largo hasta el tobillo hacía que se distinguiera entre tanta gente. Solo se dirigían a ella. A pesar de estar molesta con Ita, hacía el esfuerzo por ser amable. La sonrisa, igual, se le notaba forzada.

Anita Corro

La inocencia en la mentira

Mi chaparrita

Anita Corro

La inocencia en la mentira

Aquel domingo por la tarde, Ita y sus compañeras habían asistido a una charla con las catequistas en la parroquia. A su regreso, la tutora la esperaba en el pasillo que quedaba frente a la capilla. En sus manos tenía una carta. Se la entregó. Le dijo que le había llegado el día anterior, pero que se olvidó de dársela. Aun sin conocer el nombre del remitente, ya le había alegrado el corazón. Ita siempre se sintió sola desde el primer día en que llegó a ese lugar. La tomó en sus manos, se la llevó a su pecho y le dio las gracias a la tutora. De inmediato pensó en el mejor lugar para leerla. Escogió el corral donde estaban los gansos, a pesar de que ya había estado ahí al mediodía.

Abrió una pequeña puerta de madera y entró. Se aseguró de cerrarla bien. A un lado de la entrada, había una piedra. Allí se sentó. Ellos eran sus amigos, con quienes platicaba lo que se le cruzaba por la mente y corazón.

—¡Como ven, amigos! ¡Alguien nos escribió! Estoy tan contenta que deseo compartir esta alegría con ustedes. Veamos de quién se trata.

Con los seis gansos alrededor de ella, abrió el sobre. Le llamó la atención que parecía que ya había sido abierto por alguien más. Pensó de inmediato que la tutora, seguro, habría sido la primera en conocer el contenido de esa carta. Descubrió el nombre del remitente. Se trataba de Rafael: aquel primo lejano, tímido, de dieciséis años —alto, de ojos color miel y cabellos castaños—. Su emoción creció más cuando empezó a leerla. La letra le pareció perfecta, hermosa y le provocó un escalofrío en todo el cuerpo. No había cruzado por su mente que le escribiría. Su corazón se inquietó tanto que no lo podía controlar. Con aquellas palabras perdidas en el papel, intentó interpretar el discreto mensaje de Rafael. La carta terminaba diciendo: cuídate mucho en esa ciudad tan grande. En cuanto me den vacaciones, te iré a visitar. Llevaba una postdata: te quiero mucho, mi chaparrita. Cuando terminó de leerla, la dobló con delicadeza y la guardó nuevamente en el sobre.

Se despidió de los gansos y se dirigió a la habitación. Buscó un buen lugar para esconderla. Pensó que, si la colocaba debajo de la almohada, nadie se atrevería a tocarla. Y así lo hizo. Desde esa tarde, cada vez que se sentía sola pensaba en él, aquellas palabras le animaban el alma. Sabía que la tutora estaba en conocimiento, pero eso no fue un obstáculo para empezar abrazar aquel sentimiento que le generaba esa letra perfecta. Cada vez que la leía, tenía la esperanza de que algún día lograría escribir como él.

Las cartas continuaron llegando. Su corazón palpitaba acelerado cada vez que abría un sobre. En cada una de ellas, Rafael le repetía que muy pronto iría a visitarla. También que la quería y eso le gustaba. La mantenía con esperanzas de verlo. Con tantas cartas debajo de su almohada, empezó a soñar con él. Cada noche descansaba su cabeza con la ilusión de volverlo a ver en sus sueños. Él siempre estaba allí, en su cama, sentado a lado de ella. La observaba dormir. El escandaloso ruido de las campanadas de las cinco, lo espantaban y desaparecía de su lado.

La inocencia en la mentira

Sin embargo, un día, la promesa de Rafael se cumplió. Una mañana llamaron a la puerta: era él. Estaba nervioso. La tutora abrió.

—Buenos días, madre —saludó.

—Buenos días, joven. ¿Qué se le ofrece? —preguntó la monja.

—Me llamo Rafael, soy seminarista y vengo a visitar a mi prima Ita.

La monja de inmediato recordó las cartas. Sorprendida por el atrevimiento de aquel joven, le dijo.

—Voy a ver si no está ocupada en sus actividades. Espérame aquí.

Después de veinte minutos, regresó la hermana.

—Pasa —le dijo y le señaló la sala de visitas—. Enseguida viene.

Cuando Ita llegó, no supo por qué esperó a que él le diera un abrazo. Se encontraban de pie muy cerca. Sin pensarlo la abrazó. Sintió una energía que corría por todo su cuerpo. Él, quien era tan tímido como ella, sintió lo mismo. La abrazó con tanta delicadeza como no queriendo inquietarla, porque el párroco del pueblo le había informado que ella deseaba ser una monja. Se sentaron cada uno en sillones separados. Él sabía que los estaban observando, escuchó cuando la tutora le dijo a Ita que no se tardara porque tenía mucho por hacer. Prefirió observar aquellos ojos verdes transparentes como el fondo del mar. Contemplaba su vestimenta. En seguida notó que, ahora, llevaba una vida austera: sus zapatos estaban muy desgastados, sus medias deshiladas dejaban ver sus piernas de mujer. Las palabras fueron escasas. La visita duró el tiempo que les tomó terminarse, a cada uno, una limonada. Se despidieron con otro tierno abrazo. Rafael, además de tímido, era cuidadoso con sus gestos y palabras. En aquella ocasión no tuvo la oportunidad de decirle que le gustaba. Ella se quedó esperando una palabra que la hiciera sentir segura.

Claro que las cartas no se hicieron esperar. Ita podía percibir la frustración de Rafael al saber que la tutora leía cada palabra. Contestaba con la misma discreción, también con el mismo te quiero al final. Las cartas se iban acumulando debajo de la almohada. Las visitas precipitadas fueron más frecuentes. La tutora, sin embargo, no decía nada. Ita no conocía todas las reglas del convento, tampoco qué sucedía si alguna de las hermanas se distraía con algún hombre. No preguntó. No quería saber.

Un sábado, más temprano que de costumbre, sonó la campana. Era Rafael. En esa ocasión, lo acompañaba otro compañero seminarista. La monja que abrió la puerta le dijo que Ita se encontraba en la parroquia trabajando. Él contestó que iría a verla. Cuando los dos jóvenes llegaron a la iglesia, ella se encontraba con Rosita haciendo arreglos florales para una boda. Se ofrecieron inmediatamente a ayudarlas. Mientras ella colocaba rosas blancas en unos floreros grandes, le contó que esa madrugada le había picado un escorpión y su brazo izquierdo lo tenía un poco entumecido.

—¿Te duele mucho? —le preguntó, en voz baja y preocupado.

—No, no soy alérgica. Me duelen más otras cosas.

—¿Qué cosas?

—Tus cartas.

—¿No te gustan?

La inocencia en la mentira

—Sí y mucho. Pero...

En ese momento Rosita la interrumpió. Tenían que apurarse, la misa estaba por comenzar. Agarró el florero con sus dos manos para llevarlo al altar, él aprovechó para poner sus manos sobre las de ella. Así, caminaron juntos. Sus miradas se cruzaron durante todo el recorrido. Parecía como si se hubieran transmitido lo que uno sentía del otro. Con mucha paciencia subieron el florero a su base. Por un instante se quedaron allí, frente al altar, acomodando aquellas rosas blancas. De tanto mirarla, recordó que lo que más le gustaban eran esos ojos verdes que nunca pudo olvidar. Ella, por su parte, se encontraba atraída por esa voz que siempre le susurraba al oído. La misa estaba a punto de iniciar. Rosita tuvo que volver a interrumpirlos.

Se quedaron en la sacristía para escuchar la celebración. Había momentos donde se miraban. A la hora de darse la paz, sus manos se volvieron a juntar. Fue él quien prefirió darle un abrazo y ella lo permitió para sentirse segura, aunque solo fuera por un instante. Al salir de la misa, los seminaristas tuvieron que marcharse y las aspirantes continuaron haciendo más arreglos para la próxima boda. Se despidieron. Una vez más, ella no se atrevió a decirle que no quería ser monja. Él, que se moría por ella y que estaba dispuesto a dejar el seminario.

Anita Corro

La inocencia en la mentira

¡Al cabo que ni quería!

Anita Corro

La inocencia en la mentira

Era sábado por la mañana. El café estaba hirviendo. Mientras las monjas comenzaban a llegar al comedor, las aspirantes preparaban el desayuno. Sirvieron el café en las tazas de porcelana —algunas estaban personalizadas— y lo acompañaron con un bolillo tostado y queso derretido. El tema de conversación en todas las mesas fue lo bien que habían iniciado el año escolar. Una vez que terminó el desayuno, la madre superiora anunció —con una sonrisa en su rostro— que después de las actividades irían a comer a la casa de una familia benefactora. Las monjas se fueron retirando una por una del comedor, mientras las aspirantes se organizaban para iniciar sus quehaceres. Ese mes le tocaba a Ita lavar los platos.

Los puso en una bandeja de plástico y salió al patio. Caminó por el pasillo hasta llegar al lavadero. Abrió el grifo, comenzó a lavarlos con paciencia sin tiempo a la imaginación, con cuidado los acomodó uno por uno en el recipiente. De regreso a la cocina, atravesó aquel pasillo sosteniendo la bandeja con ambas manos. Justo antes de entrar, tropezó con un pequeño desnivel: los platos salieron volando y se estrellaron contra el piso, había pedazos esparcidos hasta en el patio. Ita se quedó parada observando como rodaban las pequeñas piezas de las tazas, incluidas las de porcelana fina. Las monjas que se encontraban, en ese momento, en la sala privada viendo las noticias, fueron a ver qué había sucedido. Algunas que estaban en la capilla se asomaron por la puerta. Todas las aspirantes detuvieron sus labores. Solo fue la tutora la que se le acercó.

Anita Corro

—¡Mira nomás lo que has hecho con la taza que me regaló la familia Pizano! ¿Por qué no tienes cuidado cuando caminas? ¡No pones atención en lo que estás haciendo! —la reprimió con esa actitud autoritaria que la caracterizaba.

—Discúlpeme. Le prometo que no volverá a suceder —contestó Ita muy nerviosa.

—¡Ahora tienes que barrer! ¡Y limpia bien el piso! Ya veremos qué platos vamos a usar para comer —dijo y se retiró a la sala privada sin voltear. En esos asuntos de disciplina, la madre superiora no intervenía. Ita limpió todo el pasillo. Una vez que recogió el último pedazo, regresó a sus actividades habituales que le habían sido asignadas.

Había llegado la hora de partir para la comida, hacia la casa de la familia Solís. Como siempre sucedía, llegaron puntual: a las dos. El primero que las recibió fue el señor de la familia. Enseguida, le invitó una bebida a cada una. Hacía calor. Ita tenía sed y hambre. Se tomó de un solo sorbo su bebida, sin poner atención. La sintió refrescante, con sabor a limón. Sin embargo, algo le picó en la garganta. La señora de la casa se encontraba en la cocina, acompañada de sus empleadas que preparaban la comida. El grupo se había quedado en la sala conversando con el señor Solís, disfrutaban del aire fresco del ambiente y de la bebida que les habían servido.

Algo empezó a incomodar a Ita. Sentía calor en el rostro. Le pidió a Rosita que la acompañara al baño.

—¿Qué me pasa? —preguntó mientras se observaba en el espejo—. Tengo las orejas rojas y siento muy caliente la cara. ¡Creo que me estoy mareando!

La inocencia en la mentira

Se detuvo en el lavamanos y comenzó a echarse agua en el rostro. Rosita se carcajeaba por detrás.

—¿A poco nunca habías probado el alcohol?

—¿Esa bebida tenía alcohol?

—¡Claro! Es una bebida que no cualquiera toma. En mi pueblo ni hay. Aquí porque es la ciudad, esta familia las puede. Ya ves la casa qué grande y bonita es. Los hijos traen trapos finos.

—¿Por qué el señor no me preguntó si yo tomaba alcohol? Nunca lo había probado. Sabe raro y me hace sentir mal. Creo que hoy no podré dar la clase del catecismo.

—¡No exageres! Después de la comida te vas a sentir mejor, ya verás. Tienes que ir. Recuerda que después de la clase tenemos que ir a la casa de Santiago, pa' saber por qué dejó de ir al catecismo, con lo amable que es contigo. Siempre te lleva una rosa roja.

—Sí, es muy amable y me encantan sus rosas. También me gustan las cartas de Rafael. ¡No le vayas a decir a la tutora, eh! que todos los sábados entro primero a la capilla y las dejo allí para que no me pregunten. Ya suficiente tiene con mis cartas, aunque no me diga nada.

Mientras se seguía poniendo agua en el rostro, hablaba con Rosita. La tutora interrumpió la conversación. Tocó la puerta del baño.

—La mesa está servida.

—Ya vamos —dijeron al unísono.

Salieron del baño y se dirigieron al comedor. La superiora hizo una oración para bendecir los alimentos.

Anita Corro

Todos disfrutaron aquella exquisita comida. Como Rosita e Ita terminaron antes, pidieron permiso para retirarse. Ya se sentía mejor, creía que podría llegar a dar la clase. Ambas salieron camino al barrio viejo. Tenían unos pocos minutos desde allí.

Las clases las impartían en un lugar abandonado, eran los restos de una iglesia que hacía tiempo un terremoto había derrumbado. Solo quedaban las paredes de piedra, no tenía puertas, ni ventanas, ni techo. Incluso el piso era de tierra y los niños tenían que llevar sus propios asientos de sus casas. La clase era a las cinco y duraba una hora. Santiago no había llegado esa tarde. Al terminar, ambas se dirigieron a la casa del estudiante. De acuerdo con el curso que habían tomado, si un niño faltaba, tenían que visitar a la familia y preguntar la razón. Caminaron aprisa, ya era un poco tarde. Cuando llegaron a la casa de Santiago, Ita tocó la puerta. Salió una mujer de piel oscura, voluminosa y alta.

—Buenas tardes, ¿qué se les ofrece? —preguntó la mujer.

—Buenas tardes, señora. Somos las catequistas de la parroquia. Queríamos saber por qué Santiago ha dejado de asistir a las clases. Siempre es muy puntual, respetuoso y responsable con sus tareas.

—¿Usted es la monja que le da las clases a mi Santiago? —dijo la madre del estudiante con tono arrogante.

—Así es.

—Ah, bueno. Entonces le diré la razón...

Un joven alto como ella con apariencia de más de veinte años, la interrumpió.

La inocencia en la mentira

—No te preocupes, mamá. Yo la atiendo. Tomó a su madre del brazo e hizo que se alejara de la puerta. El joven se dirigió a Ita.

—¡Ah! ¿Entonces es usted la monjita que le da las clases a mi hermano? —dijo con una sonrisa en la cara.

—Sí, joven. Queremos saber el motivo de su ausencia.

—¡No hay problema! Yo puedo darle una respuesta. Mire, creo que usted está muy jovencita para ser la maestra de mi hermano. Él tiene dieciséis años, me imagino que usted también. ¿O me equivoco?

Ita solía mentir sobre su edad, pero ese joven y la mujer la habían intimidado. Prefirió ser sincera.

—Sí, es verdad.

—¿Lo ve usted? Insisto, es muy jovencita para ser la maestra de mi hermano. Además, usted no está de mal ver ¡Y con esos ojos! ¡Compréndalo! Mi hermano anda en la edad de la punzada, anda muy entrado con usted. Por eso decidió ya no hacer la primera comunión.

Ita sintió que esa sensación de calor que le había producido el alcohol empezaba nuevamente a apoderarse de ella. Pidió ayuda al universo, no creyó prudente pedírsela a algún ángel o al mismísimo Dios. Se mantuvo en silencio por unos segundos. No se le ocurría nada. Quería desaparecer de ese lugar. Volteó para ver a su compinche, pero esta hizo como si la estuviera ignorando. Es mi alumno, es mi problema, pensó. Aquel joven la observaba en todo momento.

—Está bien. Si ya no quiere ir a nuestras clases, le sugiero que busque otro lugar. En la parroquia los podrán ayudar. ¡Muchas gracias y buenas tardes!

Anita Corro

—Buenas tardes, monjita. ¡Que Dios la bendiga! Le diré a mi hermano que vino a buscarlo, se pondrá muy contento.

Ella le sonrió un poco. Se marcharon de aquella casa de inmediato. Apenas se sintieron solas en la calle, Rosita soltó la carcajada.

—Ahora comprendo las rosas. ¿Oye qué se siente que le gustes a tu estudiante?

—¿Qué quieres que sienta? ¿No ves que me puse roja otra vez? Sentí vergüenza, pero no es mi culpa. Además, ese niño es muy lindo —dijo entre suspiros. Bueno, se acabaron las rosas. ¡Al cabo que ni quería! Ahora tenemos que pensar qué le vamos a decir a la tutora. ¡Ni modos que le diga la verdad! Piensa bien, tiene que ser una mentira creíble.

—No se me ocurre nada. Mejor vamos por pan y después pensamos. ¡Ya se nos ocurrirá algo!

—Es tarde para ir por el pan.

—¿A poco no tienes hambre?

—Bueno, ¡vamos!

Caminaron por una de las avenidas de aquella ciudad. Las luces recién comenzaban a iluminar la calle. Les tomó un cuarto de hora llegar a la panadería. Entraron. Como en otras ocasiones se quedaron paradas en la entrada intentando llamar la atención de la dueña. Después de unos minutos notaron su presencia. La encargada tomó dos bolsas de papel y les puso veinte panes. Le dieron las gracias por la donación que le había hecho a las hermanas. Salieron de la panadería y se dirigieron al convento. Las lámparas de luz pública ahora alumbraban todo el camino. Abrieron la bolsa y

La inocencia en la mentira

sacaron un pan cada una y se lo empezaron a comer. Al terminar, se limpiaron bien la boca y las manos. Cuando llegaron al convento la hermana encargada de la cocina ya tenía el té listo. Como otros fines de semana, esperaban el pan para la cena. Rosita e Ita cenaron uno más. Al terminar, la tutora les preguntó por Santiago. Ita se adelantó y contestó de inmediato:

—No le gustaba llevar la silla a la doctrina. Su mamá me dijo que deberíamos buscar un lugar más apropiado para esos niños. Le dije que lo llevaran a la parroquia para que le dieran otro grupo.

—Me parece una buena sugerencia. Ahora tienes que asegurarte de que realmente lo inscriban en otra clase — concluyó y las mandó a dormir.

Anita Corro

La inocencia en la mentira

Se trata de obedecer

Anita Corro

La inocencia en la mentira

La vida en el convento estaba sujeta a un horario estricto tanto para el rezo como para el trabajo. A las dos actividades les daban la misma importancia. A Ita poco a poco le iban asignando nuevas responsabilidades. Podían ser en la casa, en la parroquia o en la escuela primaria, propiedad de la congregación. Un día la tutora le comentó que la veía preparada para empezar con una nueva e importante actividad: sería maestra de los niños de primer grado. Les enseñaría clases de moral basadas en la religión tres veces por semana y para eso debería preparar cada clase. Así fue como recibió su primera Biblia.

—Empieza con el génesis y la creación de la Tierra, recuerda que estas clases son una introducción para la preparación de los sacramentos.

—Yo no sé dar clases de escuela, no soy maestra. No sé cómo enseñar a esos niños tan chiquitos. ¿Cuántos son?

—Alrededor de treinta.

—¡Madre de Dios!

—No te preocupes. Solo guíate por lo que la Biblia dice.

Con temor, Ita tomó aquellas escrituras sagradas y se fue a la sala de visitas para darle una hojeada al libro del Génesis. En unos días empezaría con las clases y ni siquiera tenía en mente cómo organizarse.

Su clase estaba agendada de diez a diez cuarenta y cinco. Esa mañana llegó puntual. No había tomado ningún curso o clases para ser maestra, pero tenía que hacerlo: era una orden. Entró al salón de clases. La

Anita Corro

maestra a cargo del grado se quedó en su escritorio ocupando todo el espacio. Ita, sin experiencia alguna, les empezó a leer un texto de la Biblia. La escucharon por unos segundos. Después les pidió a los niños que dibujaran la creación del mundo en el orden que lo habían escuchado. Los niños no prestaron atención a las instrucciones. Uno le dijo que no haría el dibujo porque no quería, otro comentó que no tenía colores. Angelito se metió debajo de su escritorio y comenzó a decir malas palabras. Joselito corrió al patio gritando que no quería hacer esa tarea. Y así, aquellos niños, se dispersaron en todo el salón sin control. Ella no sabía qué hacer. La maestra no hizo nada, solo se limitaba a corregir algunos exámenes y tareas que tenía sobre el escritorio. Con muchas dificultades, terminó la clase. Ita se dirigió a la cocina de la escuela, allí estaba Rosita quien se encontraba limpiando. Desesperada empezó a contarle.

—Nunca he dado clases a niños en una escuela. Yo no soy maestra. Ni siquiera he terminado la secundaria. ¿Cómo voy a enseñarles a estos niños? Yo sé que sus padres pagan para que los eduquen, pero yo no sé cómo.

—Y, ¿qué vas a hacer? —contestó Rosita mientras la escuchaba y lavaba los platos.

—Tengo que hacerlo. Se trata de obedecer. Tú sabes que no puedo decir que no. Ya tengo suficiente con los niños de los sábados.

—Pero esta clase es diferente. Se trata de enseñarles las bases de la religión —le recordó Rosita.

—Ni yo me las sé. ¿Cómo les voy a enseñar algo que no sé? No estoy preparada para enseñarles, pero se las tendré que dar porque es parte de su programa.

La inocencia en la mentira

—Espero que a mí no me den clases —continuó Rosita.

—¿Sabes que la maestra no hizo nada para ayudarme? Se quedó allí en el salón, en su escritorio. Yo creo que se burló de mí al verme que no podía con esos niños descontrolados.

—A ella no le pagan por eso.

—Sí, lo sé, pero hubiera podido calmarlos —dijo muy molesta. Tendré que buscar algún libro en la biblioteca de la escuela sobre cómo dar clases a niños de primer grado.

Ambas dejaron la cocina. Era la hora de ir a prepararse para sus clases. Una vez en la escuela, Ita se dispuso a buscar ese libro que tanto necesitaba en el cuartito que tenían como biblioteca. La bibliotecaria le dijo que esos libros no los encontraría allí. Salió totalmente frustrada. Se le ocurrió preguntarle a una maestra de historia. Ella le contestó que para dar clases a niños de primaria tendría que estudiar la Normal, un sistema educativo especial para enseñar a los niños. Le dio las gracias y regresó al convento. Como pudo y a su manera, siguió dando las clases de moral a esos niños. La tutora le había recomendado echarle ganas porque esa clase era la base para la educación cristiana de aquellos niños y sus padres habían pagado para que los educaran.

A las diez cuarenta y cinco, cuando terminaba su turno de maestra, siempre se dirigía a la cafetería de la escuela para preparar la comida que venderían ese día durante el recreo. Las aspirantes se turnaban: prepara-ban el mole —envasado— con papas, hacían emparedados de jamón con queso. De igual manera, revendían paletas congeladas que le compraban a una vecina, papitas que el repartidor llevaba y dulces que compraban en un almacén. También les vendían bolsitas llenas de zanahoria rallada con azúcar. Allí en la pequeña cafetería preparaban los taquitos de mole y se los vendían a los niños. Aunque asistían a una escuela privada, algunos no llevaban suficiente dinero para comprar e Ita se los regalaba. No lo comentaba con nadie porque sabía que estaría en problemas con la tutora. Esas eran las ideas que tenían las monjas para vender y así obtener mayores ganancias para el convento. El dinero que recolectaban de las ventas lo ocupaban para las necesidades escolares de las aspirantes. O, al menos, eso decían.

    Cuando Ita necesitaba comprar material para sus tareas, tenía que pedirle permiso a su tutora para tomar dinero de una canastita en donde guardaban las ganancias de las ventas. Si la tutora, además, amanecía de buenas, le decía que también tomaran algunas monedas exactas para el microbús que la llevaba a la escuela. Pero había veces que la canasta estaba vacía, entonces tenían que ir a la parroquia —y con la llave que le había entregado la superiora— abría la alcancía de San Judas y se llevaba lo recaudado. Siempre esperaba a que la iglesia estuviera vacía, no le gustaba que la gente la viera porque sentía que estaba robando. Era consciente de que los feligreses donaban unas monedas al santo de su devoción a cambio de algún milagro, pero ella tomaba ese dinero para los gastos de su escuela. Así se lo habían ordenado.

La inocencia en la mentira

Otro de los servicios que las monjas proporcionaban, era colaborar en la formación espiritual con las parejas que deseaban recibir el sacramento del matrimonio. La madre superiora organizaba las pláticas que tenían una duración de cinco sesiones. Cada clase trataban un tema diferente que les ayudaría en su matrimonio. La última reunión se la asignó a Ita.

—Solo les tendrás que poner una película y cuando termine, les das una breve explicación sobre la historia de esa pareja de jóvenes. Les firmas su tarjeta y eso es todo —le dijo mientras le daba un vídeo de VHS.

—¿Está usted segura qué yo puedo hacer esto?

—¡Claro que sí, es muy fácil! Recuerda que tienes que sentarte con ellos para que juntos vean el vídeo completo. Cuando termine, te paras frente a ellos y les das una breve explicación. Las sesiones están programadas para dos horas. La película dura hora y media. Solo les tienes que hablar por treinta minutos y terminas con la última plática.

—¿Puedo ver el vídeo primero?

—Sí, por eso te lo quise entregar hoy. Puedes verlo en nuestra sala privada cuando tengas tiempo.

—Está bien, lo voy a hacer.

Con el casete en sus manos, se retiró a la habitación. Lo colocó sobre su mesa de noche para verlo en cuanto tuviera oportunidad. Al final de ese día se fue a descansar preguntándose si realmente estaba preparada para ese trabajo. La respuesta era no: ni siquiera había tenido novio, no se sentía con la capacidad de hablar enfrente de adultos a sus dieciséis. Además, le preocupaban esos treinta minutos.

Anita Corro

En la primera jornada, quince parejas se presentaron en la puerta del convento. Ita abrió, se encontraba completamente sola en el convento. Las monjas habían ido a instruir a las nuevas catequistas de la parroquia. Los invitó a pasar a la sala de visitas donde ya había colocado treinta sillas, tal y como se lo había ordenado la madre superiora. Les puso el vídeo, estimó duraría algo más de una hora. La historia de aquella película ya la conocía: se trataba de una pareja joven de veinte años que, a pesar de sus dificultades en la relación, terminarían casándose ya que la religión era la solución a sus problemas. Inició la película. Ita se empezó a dormir. Como le dio pena que aquellas parejas la vieran, decidió irse a su cama. Tenía suficiente tiempo para descansar a gusto por una hora y media. De fondo se escuchaban las escenas de pleito de la pareja. Pensaba en Rafael y su probable relación con aquel tipo de escenas, y sin sentirlo se quedó dormida.

La historia de aquellos jóvenes, entre peleas y reconciliaciones, continuaba en la sala de visitas. Las parejas estaban muy atentas por si les llegaba a preguntar algo. La película llegó a su fin. Todos buscaron a su alrededor para hacerle saber a la hermana que la cinta había terminado. No la veían por ningún lado. Sin embargo, alguien dijo que la había visto entrar en el cuarto de al lado. Después de diez minutos, decidieron tocarle la puerta de la habitación. Salió tallándose los ojos.

—Fórmense, por favor. Les voy a firmar su tarjeta a cada uno —les dijo a las parejas.

—Solo nos falta la firma de esta clase, pero nos dijeron que tomaría dos horas —contestó una joven.

La inocencia en la mentira

—Sí, normalmente las pláticas son de dos horas, pero hoy la hermana que se encarga de dar la plática no ha venido —les dijo mientras les firmaba las tarjetas.

Anita Corro

La inocencia en la mentira

Nos echamos la firma del papá

Anita Corro

La inocencia en la mentira

Después de la merienda de aquella noche, la madre superiora se dirigió a la sala de visitas a esperar a que Ita regresara de la escuela. En cuanto entró, lo primero que le pidió fue que se sentara con ella. Aquellos sofás los había limpiado en varias ocasiones, pero no le permitían sentarse allí. Se sentía un poco incómoda. La madre superiora comenzó a explicarle cuál sería su misión en la congregación, en el futuro. La organización contaba con varias casas en diferentes países, algunas se dedicaban exclusivamente a formar novicias. La hermana Raquel le explicó, muy entusiasmada y con la sonrisa que la caracterizaba, que había decidido enviarla al noviciado de Centroamérica y que, a pesar de ello, tendría la oportunidad de continuar estudiando. Le dijo, también, que no se preocupara, que ya estaba lista para dar ese gran paso. La noticia la confundió un poco. Y era lógico, Ita era menor de edad y necesitaría una carta-poder con la autorización de sus padres para viajar al extranjero. En sus planes no estaba la posibilidad de salir del país. Tampoco había contemplado la idea de hacer el noviciado. Se mantuvo en silencio. Con la mirada al piso.

—Mañana después de la misa irás con el juez que nos corresponde a solicitar esa carta-poder. Le dirás que tus padres no viven en la ciudad. Te la tiene que firmar y sellar —le ordenó con seriedad, la sonrisa había desaparecido.

Una vez que terminó la conversación, se dirigió a la cocina y se preparó un té. Después se fue a la habitación. En la cama pensó en la posibilidad de salirse, pero de esa forma sus estudios llegarían a su fin en poco tiempo.

Anita Corro

Aquella escuela le parecía ineficiente, sin embargo, era mejor que regresar al pueblo. Intentó encontrar en su pecho el deseo de ser monja, no lo encontró. Aquella vida de sumisión y obediencia le robaría la oportunidad de ser ella misma. Sentía que no podría vivir sin un te quiero, un abrazo o un beso. Esas necesidades que las consideraba humanas. Por eso se aferraba al sentimiento que ya había nacido en su pecho por Rafael, eso le gustaba. Iría por aquel documento, mientras pensaría en una manera de evitar hacer el noviciado.

A la mañana siguiente, después de la misa, se dirigió al juzgado. La oficina estaba cerrada. Una joven barría el pasillo del edificio. Se detuvo por un momento y le señaló una banca de madera.

—Ahí puedes esperar al juez. No tardará, él es muy puntual.

—Gracias —le contestó con una sonrisa. Esperó menos de cinco minutos.

—¡Buenos días! —saludó un hombre alto de barba tupida, cabellos oscuros y alegre sonrisa.

A pesar de su imagen, era una persona demasiada joven para su puesto.

—¡Buenos días! ¿Es usted el señor juez?

—A tus órdenes. Pasa por favor, toma asiento. ¿En qué puedo ayudarte?

—Pertenezco a un convento y necesito una carta sellada y firmada por usted, para poder viajar al extranjero. Mis padres no viven en la ciudad.

—Comprendo. ¿Cuantos años tienes?

—Dieciséis.

—¿Qué vas a hacer a otro país?

—Voy a estudiar.

La inocencia en la mentira

—¿Qué estudias?
—Estoy estudiando el nivel básico, la secundaria. Ita no quiso mencionar el noviciado.
—Lo siento mucho, pero no puedo dártela sin la autorización de tus padres. No firmaré ni sellaré ninguna carta. Eres menor de edad. Es todo lo que te puedo decir.
—Está bien. Se lo diré a la madre superiora. ¡Muchas gracias! —dijo y se retiró sin insistir.

Cuando llegó al convento, la superiora se encontraba hablando por teléfono. Se apuró para terminar la llamada y dirigirse a Ita, quien le contestó enseguida sin esperar a que le preguntara.

—El señor juez dijo que no me puede firmar ni sellar ninguna carta. Que tienen que estar mis padres presentes.

—¿Por qué no? Si ya vives en esta casa con nosotras. Ahora somos responsables de ti. Mañana después de misa irás otra vez. Le dirás que tus padres están de acuerdo con que seas una monja como nosotras y que necesitas esa carta para viajar junto con una de las hermanas. Le ordenó la jefa de la casa.

—Está bien, mañana volveré a ir.

Ita se dirigió a la capilla. No le tocaba la hora de adoración, sin embargo, sintió la necesidad de pedir un favor. Entró y se arrodilló cerca de la puerta.

—Dios perdóname porque no quiero ser novicia. Perdóname porque no quiero regresar a mi pueblo. Después de que me hayas perdonado, ¿te puedo pedir un favor? No quiero que me manden a ese país. No quiero ser monja, solo deseo ir a la escuela. Si tú quieres que yo termine la secundaria, haz que así sea. Gracias por escucharme y gracias por darme la oportunidad de vivir —dijo mientras se persignaba apurada y regresaba a sus actividades.

A la mañana siguiente se presentó ante el juez nuevamente. Entró en aquella descuidada oficina y se sentó. Aquel hombre le inspiraba confianza.

—Buenos días, señor juez.

—¿Otra vez tú?

—La madre superiora dice que ahora ya vivo con ellas y son responsables de mí. Necesito la carta para viajar junto con otra hermana.

—¿Si son responsables de ti, entonces, ¿por qué no está la superiora aquí contigo? ¿Por qué te manda a ti sola que todavía eres menor de edad? —preguntó molesto.

Ella no supo que contestar. El juez sintió la obligación de aclararle lo que significaba ese documento.

—¿A qué lugar vas?

—A Centroamérica.

—Permíteme explicarte como si fueras mi hija, en qué consiste la carta.

Se acercó a Ita para mirarla a los ojos. Quería asegurarse de que le prestara atención. Ella no le tuvo miedo como le sucedía con otros hombres mayores que ella cuando se le acercaban. Por eso, lo escuchó con atención.

—Yo no puedo darte esa carta porque esas monjas o cualquier persona que llegara a poseerla, puede hacer contigo lo que quieran. Eres muy jovencita para comprenderlo, pero te pueden vender a cualquier hombre, prostituirte en cualquier lugar del mundo,

La inocencia en la mentira

esclavizarte en ciudades lejanas y desconocidas y yo seré el responsable de eso. Además, la región a donde te quieren enviar está pasando, en estos momentos, por una guerrilla. Eso es todavía más peligroso para ti. No te daré ninguna carta. Es ilegal sin la autorización de tus padres. Te aconsejo que termines tu secundaria aquí, en nuestro país. Después cuando tengas la mayoría de edad, te corresponderá tomar tus propias decisiones: entonces decidirás si quieres ser monja o no.

Ita estaba asustada, esas palabras solo las había escuchado en la radio. Le parecían exageradas. Además, aquel hombre había mencionado, ser mayor de edad para tomar una decisión. Sintió que era sincero. Se puso de pie y le extendió la mano. El juez hizo lo mismo.

—Muchas gracias, señor juez. Tomaré en cuenta su consejo.

—Que tengas buen día.

Salió de la oficina y regresó al convento. Cuando llegó, las hermanas se encontraban todavía almorzando. Se unió a la mesa de las aspirantes y desayunó algo rápido. Al terminar, la madre superiora se dirigió a la cocina para hablar con ella.

—¿Qué te dijo el juez?

—Lo mismo de ayer.

—¡No lo puedo creer! ¡Tendremos que buscar un notario público y pagarle los honorarios! Vas a llamar a tu mamá para que venga y te acompañe. Necesitamos conseguir esa carta.

—Entonces, la llamo mañana.

—¡No! ¡Llámala hoy mismo!

Anita Corro

Llamó a su madre como le había ordenado la madre superiora para pedirle que fuera al convento, necesitaba que le firmara una carta. Estaba tan emocionada de tener la posibilidad de ver y abrazar a su hija, que ni siquiera le preguntó qué tipo de carta. Al siguiente día, por la mañana, la madre de Ita llegó al convento. La superiora le dio la bienvenida y enseguida pasaron a la sala de visitas.

—Señora, estamos muy contentas con el avance de su hija. Últimamente, hemos notado que ha mejorado mucho en su obediencia y en el cumplimiento de las labores cotidianas. Por esa razón, consideramos que es tiempo de enviarla al noviciado. Para eso necesitamos una carta firmada por usted.

—Está bien, madre.

—Deberá ir con un notario público para que se las selle y firme. La carta tiene que decir que ustedes, los padres de Ita, nos otorgan su permiso para que pueda viajar fuera del país con alguna de las hermanas del convento. ¡Es imprescindible para que su hija pueda ir al noviciado y así ser una monja y servir a Dios!

—Pero yo no sé donde hay un notario.

—Aquí tengo la dirección de uno —le dijo y le entregó un papel.

—Gracias, madre —contestó la señora.

La mamá de Ita estaba preocupada por el dinero, sabía que debería pagar por aquel documento. Se dirigieron al centro de la ciudad, era una zona llena de oficinas. Llegaron al edificio de doce niveles, el despacho se encontraba en el quinto nivel. Tomaron el ascensor. Salieron y caminaron por un pasillo largo, la notaría se

La inocencia en la mentira

encontraba en el número 515. Entraron y una joven las hizo pasar con el licenciado.

—¿En qué le puedo ayudar? —preguntó el notario dirigiéndose a la mamá de Ita.

—Quiero una carta sellada y firmada por usted para mi hija, es menor de edad y va a ir con una de las madres a estudiar el noviciado a otro país.

—¿Dónde se encuentra el padre?

—No pudo venir.

—Está bien. ¡Nos echamos la firma del papá! Pase con la secretaria para que le tome sus datos. Pague la cantidad de doscientos cincuenta pesos y regrese en dos horas por su carta.

—Gracias, licenciado.

—A la orden. Nos vemos dentro de dos horas.

Salieron. La secretaria las estaba esperando en un pequeño escritorio. Les tomó la información necesaria para redactar el documento. También les cobró los doscientos cincuenta pesos —monto que era más caro que la cuota del juez que le hubiera correspondido—. Salieron de aquel edificio y caminaron hacia el mercado para almorzar. Calcularon dejar pasar el tiempo necesario y regresaron a la oficina por el documento.

—Pase por favor —dijo el licenciado. Aquí está su carta. Firme aquí donde dice su nombre y el nombre de su esposo. Si no sabe firmar, ponga la huella de su dedo pulgar. Ahí está la tinta o el bolígrafo.

La madre de Ita tomó el bolígrafo y firmó en ambas líneas. No leyó la carta, confiaba plenamente en lo que le había dicho la superiora.

Anita Corro

—Eso es todo, señora —dijo el notario con una sonrisa.
—Muchas gracias, licenciado.
Regresaron al convento. La madre superiora las recibió y las hizo pasar a la sala. Rosita les trajo una limonada. La madre de Ita le entregó el sobre oficial con la carta.
—Gracias, señora. ¡Dios se lo recompensará! Con esta carta, Ita podrá ir a estudiar el noviciado y recibir la preparación adecuada para servir a nuestro Señor. ¡Ah! ¡Le tengo una sorpresa! Hemos decidido que su hija se tome unas vacaciones. Puede irse con usted a su pueblo hoy mismo —era miércoles— nosotras avisaremos en su escuela que se ausentará estos días.
—¡Gracias, madre! —contestó la señora muy emocionada.

Ita había escuchado que una vez que se ingresaba al noviciado, las jóvenes no tendrían vacaciones hasta terminar el estudio. Sabía que, si la enviaban a esa casa de formación, no vería a su familia en mucho tiempo. Estaba feliz por esos días que pasaría de nuevo en su pueblo. Tendría tiempo para pensar en una solución. Ese mismo día partieron al pueblo.

La inocencia en la mentira

Dibujó una ligera sonrisa

Anita Corro

La inocencia en la mentira

Aquellos días en el pueblo habían pasado tan rápido, que no le dio tiempo de pensar en una solución. El lunes por la mañana regresó al convento. La madre superiora se encontraba en la capilla. La escuchó entrar, la llamó y allí, frente al Santísimo, le volvió a decir que ya estaba lista para hacer el noviciado.

—Espero que hayas pasado unos días agradables con tu familia —le dijo con una dócil sonrisa.

—Sí, gracias.

—Ya tenemos tu pasaporte listo para el viaje.

Ita se sorprendió con la noticia, no podía creer que habían conseguido su pasaporte, mientras ella estaba en el pueblo. En ese momento recordó las palabras del juez. Eso fue lo único que se le vino a la mente.

—¿Puedo decirle algo?

—Está bien. ¿Qué quieres decir?

—Quiero terminar la secundaria aquí, en mi país. Después, cuando cumpla yo la mayoría de edad, tomaré la decisión de hacer o no el noviciado. La superiora no contestó, solo volteó a ver al altar.

—No puedes negarte a la voluntad de Dios. El llamado a la vida consagrada está ya en tu corazón, solo tienes que dejarte guiar por tus superioras.

—Entonces, ¿me puedo quedar? —preguntó entusiasmada.

—Sí. Pensándolo bien, necesitas practicar más los votos que en nuestra congregación ejercemos: la obediencia, la castidad y la pobreza. Sobre todo, el de la obediencia.

Anita Corro

—¡Muchas gracias, madre superiora! Haré todo lo posible por practicar esos votos y enfocarme en la obediencia.

—Ahora ve con tus compañeras y regresa a tus labores.

Se dirigió a la habitación para guardar su bolsa. La metió en el armario y salió de vuelta hacia la cocina, tenía hambre. Comió algo rápido, debía alcanzar a sus hermanas con sus labores. Había pasado tiempo en aquella escuela para trabajadores y, no dejaba de pensar en la posibilidad de estudiar en una mejor secundaria. Esa mañana estaba concentrada en sus labores: debía limpiar la sala de visitas. Tomó un trapo limpio y empezó a sacudir el polvo de los sofás. En ese mismo instante, la campana de la puerta la sorprendió. Como se encontraba cerca, decidió ir a abrir. Era la esposa del director: una mujer alta, de tez clara, pelo rubio y tacones altos, sin dudas, muy elegante. En aquella ocasión buscó el consejo de las monjas referente a su matrimonio, no tenía la fuerza para tomar la decisión de una separación. Pidió hablar inmediatamente con la madre superiora —Ita observó que tenía los ojos rojos—. La hizo pasar a la sala, mientras llamaba a la hermana. La monja la atendió enseguida.

—Buenos días, madre —saludó la mujer.

—Dios la bendiga —contestó la hermana al mismo tiempo que le daba un abrazo.

La madre superiora le ordenó a Ita traer una bebida. Inmediatamente, dejó sobre el mueble el trapo con el que se encontraba limpiando y se dirigió a la cocina. Volvió con una jarra sobre una charola y dos vasos.

La inocencia en la mentira

Sirvió las bebidas, puso la charola sobre la mesa del centro y continuó con sus labores. Sin embargo, no pudo evitar escuchar la conversación, mientras limpiaba. La mujer se quejaba de su marido, quería divorciarse. La superiora le aconsejó practicar las virtudes de la paciencia y la tolerancia para evitarlo. El matrimonio se consideraba sagrado, una unión por Dios que no se debía romper. Ita no estaba de acuerdo, pensaba que esa mujer no necesitaba seguir al lado de su marido. Sonó el teléfono. La superiora pidió permiso para contestar y se retiró. De inmediato, aprovechó para acercarse a la mujer.

—Disculpe, pero no pude evitar escuchar la plática. ¿Es usted la esposa del director de mi escuela? —le preguntó con apuro.

Al parecer, la mujer tenía conocimiento a qué escuela iban las aspirantes, por eso le respondió sin dudar:

—Sí, él es mi esposo. ¿Por qué me lo preguntas?

—Estoy de acuerdo con usted. ¡Es un prepotente! Además, me parece que su escuela es ineficiente.

La mujer se quedó pensando por unos segundos y siguió la conversación diciendo:

—Eso quiere decir que no te gusta esa escuela.

—Nunca me ha gustado.

—Tú sabes que yo soy la subdirectora de una de las mejores secundarias de la ciudad, si tu quieres yo te puedo ayudar para que te traslades a mi escuela.

Ita conocía esa escuela, la señora tenía razón. En seguida le contestó:

—Sí, por favor. Prefiero la escuela donde usted trabaja.

Anita Corro

La superiora continuaba atendiendo la llamada. En otro lado, Ita a la visita.

—Lo que tienes que hacer es pedirle tus documentos al director, o sea, al idiota de mi marido. Después te vas a mi escuela, pides hablar conmigo y yo me encargo del resto.

Sabía que, si la escuela de su esposo perdía estudiantes, él estaría en problemas porque el gobierno no le daría más recursos económicos. Menos estudiantes, menos dinero. La ecuación era sencilla.

—Está bien. Hoy por la tarde cuando asista a clase, lo haré. ¡Muchas gracias por su ayuda! En cuanto tenga mis documentos, la buscaré en su escuela. ¡Es usted muy amable!

Le sirvió más limonada y se dirigió a la cocina. Buscó un bocadillo en el refrigerador y se lo trajo para que acompañara su bebida. Se dieron la mano y las gracias. La superiora ya había terminado con la llamada y estaba de regreso con la visita.

Ita estaba feliz porque por fin había encontrado la oportunidad de dejar aquella escuela que le parecía incompleta e ineficaz. Ahora tenía que hacer lo que la subdirectora le había pedido. De todas formas, continuó con las labores del día, no quería escuchar de nuevo las quejas de la tutora. Antes de las cinco de la tarde partió a la escuela con sus compañeras. Estuvo inquieta durante sus clases. Ansiaba la hora de la salida para poder hablar con el director y pedirle sus documentos. Cuando las clases finalizaron, se dirigió a la oficina, saludó a la secretaria y pidió hablar con el director.

—Buenas noches, señor director.

—¿Qué se te ofrece? Estoy ocupado.

La inocencia en la mentira

—Quiero mi boleta de calificaciones por el tiempo que he estudiado en esta escuela, con los documentos que me pidieron al inicio del curso. Me voy a otra escuela.

El director dejó lo que estaba haciendo, se removió los anteojos y se puso de pie. Era un hombre alto, robusto, de piel oscura y escasa sonrisa.

—¿Por qué te quieres ir de mi escuela? ¿A dónde te piensas ir? —contestó muy molesto.

—Me parece que a esta escuela le hacen falta varias asignaturas que son necesarias como clases de laboratorio, deportes y arte. Además, los maestros llegan a la hora que quieren, son groseros y no les importa si aprendemos o no —le contestó muy nerviosa.

—¡Eres una insolente! ¡Cómo te atreves a hablarme así! ¡A mí que soy el director de esta escuela! ¡No te daré nada! ¡No te daré ningún papel! Y aquí te vas a quedar hasta que termines la secundaria. De lo contrario, te acusaré con tu tutora para que te enseñe a respetar a tus superiores. Ahora sal de mi oficina porque tengo mucho trabajo —le contestó alzando la voz.

Ita prefirió no contestar porque ese hombre había nombrado a la tutora y eso le hizo recordar la promesa que le había hecho: practicar la obediencia. Salió de la oficina sin despedirse de la secretaria, que todavía se encontraba pegada a la puerta.

De camino al convento no comentó nada con sus compañeras, prefería pensar en lo que tendría que decirle a la tutora para convencerla de que la cambiara de escuela. Llegaron al convento. Las monjas se encontraban en el comedor grande, cenando lo que había

115

quedado de la comida del mediodía: un pollo a la naranja con arroz blanco y verduras. Las aspirantes se quedaron en el comedor pequeño y merendaron pan con té. Ita se mantuvo en silencio durante todo el rato. Cuando las monjas terminaron, algunas se dirigieron a la capilla y otras a sus habitaciones. La tutora se acercó a las aspirantes para darles las buenas noches.

—Madre Lucrecia, ¿puedo hablar con usted? —preguntó Ita en voz baja.

—Que sea rápido tengo que ir a la capilla.

—Me quiero cambiar de escuela y el director no me quiere dar mis papeles. ¿Sería usted tan amable de acompañarme mañana antes de las clases y pedírselos, por favor?

—¿Por qué no me comentaste antes? ¡Prometiste portarte bien!

—Una disculpa. Me quise adelantar para evitarle más trabajo a usted porque siempre está muy ocupada.

—Está bien. Mañana te acompañaré. Ahora vete con tus compañeras a la capilla.

—Gracias, madre Lucrecia. Buenas noches.

Acudió con el grupo a la capilla, juntas rezaron las oraciones de la noche y después fueron a la habitación. Al día siguiente, cuando terminó con sus labores, Ita le recordó a la tutora que le había prometido acompañarla a la escuela. Como ya estaba lista, partieron pronto. Al llegar, lo primero que hicieron fue dirigirse a la oficina del director. La secretaria les hizo saber que se encontraba ocupado y que debían esperar unos cinco minutos. Después de unos veinte, salió el señor director a recibirlas. Las saludó con una sonrisa y les ofreció

La inocencia en la mentira

tomar asiento. La tutora no se sentó. Ita prefirió acompañarla, se quedó de pie igual que su hermana.

—Vamos a cambiar a Ita de escuela. El horario no nos favorece. Queremos sus documentos y de paso los documentos del resto de las aspirantes —dijo la tutora alzando la voz.

Era la oportunidad perfecta para demostrar ante aquel hombre su autoridad como la jefa. Parecía que disfrutaba esos encuentros de discusión y debate.

—Está bien, madre. Enseguida le ordeno a la secretaria que se los dé.

—Gracias —contestó la tutora con simpleza.

Abandonaron la oficina. Aquel hombre sabía de la amistad de su mujer con las monjas. Era lógico que quisiera evitar problemas con su esposa. Enseguida la secretaria llenó la boleta de las chicas con sus calificaciones correspondientes al bimestre vigente. Se los entregó junto con las actas de nacimiento. También le hizo saber que a partir de aquel momento ya no era alumna de esa escuela. A Ita no le preocupó. La tutora tomó rápidamente los papeles.

—Yo los guardo —le dijo a Ita.

—Está bien.

Salieron de regreso al convento. Cuando llegaron, y como tenía la tarde libre, le pidió permiso a la tutora para ir a la otra escuela.

—Toma tus papeles y ve tú. Te quisiste cambiar de escuela, ahora haz el resto sola. Si necesitas que firme algún documento, me lo traes —le respondió.

—Gracias, madre. Así lo haré.

Anita Corro

Ita salió sin pensar hacia lo que sería su nueva escuela. El resto de las aspirantes permanecieron en el convento. En cuanto entró, sintió que ese sería el lugar indicado para terminar la secundaria. Buscó la oficina de la subdirectora y pidió hablar con ella. La hizo pasar.

—¿Traes los documentos? —preguntó.

—Sí, aquí están.

—Bien, ahora mismo empiezo el trámite de traslado para todas. Lo haré esta tarde. El horario de esta escuela es diferente, es de una y treinta de la tarde a las ocho cuarenta y cinco de la noche, turno vespertino. Regresa al convento y mañana te presentas con tu uniforme y tus útiles. Búscame nuevamente, yo te voy a acompañar a tu nuevo salón de clases.

—Está bien, subdirectora. Muchas gracias y hasta mañana.

—Con mucho gusto. Hasta mañana —contestó y dibujó una ligera sonrisa en su cara.

La inocencia en la mentira

Mangos ácidos

Anita Corro

La inocencia en la mentira

Esa mañana volvió a sentir el metal de la cama que le pinchaba la espalda. Como de costumbre, se despertó un tanto dolorida. Se levantó, planchó su uniforme, se bañó e inició sus actividades. Ahora tendría que esforzarse en hacer mejor las cosas, sabía que no debería quedarse dormida en la misa. Por eso, había comenzado con el hábito de pellizcarse los brazos. Eso siempre le ayudaba. De regreso en el convento, Ita comenzó con sus labores con mucho entusiasmo. Como tenía menos tiempo que el habitual, limpió todo más aprisa. Más aún, cuando se dio cuenta de que se había olvidado de informar su nuevo horario. La tutora se encontraba, en ese momento, en la sala privada viendo las noticias. La llamó.

—Disculpe que la interrumpa.

—¿Qué sucede?

—Quería avisarle que tengo que retirarme a la una, las clases en la nueva escuela inician a la una y treinta y tengo unos veinte minutos para llegar.

—Es muy temprano y no te dará tiempo para terminar tus quehaceres. Lo que no termines lo harás el fin de semana. Espero que este nuevo horario no nos traiga problemas en tu formación para tu vida consagrada.

—Haré todo lo posible por terminar mis obligaciones a tiempo. ¡Muchas gracias, madre Lucrecia!

A las doce y treinta terminó la hora de adoración al Santísimo. Tenía treinta minutos para cambiarse y comer. No tuvo problemas con el uniforme, era el mismo que usaba en la otra escuela. Se cambió rápido y

Anita Corro

salió hacia la cocina. Como la comida todavía no estaba lista, tuvo que partir sin comer, pero no le importó porque estaba muy emocionada por ese cambio de escuela.

Siempre que tomaban el camino de la avenida principal, pasaban por una heladería. Ita se acercó. Tenía sed. El joven que vendía helados y aguas frescas, la observó por un momento.

—¿Quieres un agua? —le preguntó el joven.

—Me encantaría, pero no traigo dinero.

—No hay problema, la pago de mi sueldo. ¿Cuál quieres?

—Muchas gracias. Una de jamaica, por favor. La compartiré con mis compañeras.

—Cuando gustes, solo pasa por aquí. Trabajo todos los días de ocho de la mañana a ocho de la noche, hasta que cierro.

—¡Nuevamente muchas gracias! Lo tomaré en cuenta —le dijo con una sonrisa.

A pesar de aquella pequeña parada, pudo llegar a tiempo a la escuela. En ese momento, todos los estudiantes se encontraban corriendo hacia sus salones. Sus compañeras —aspirantes— se dirigieron a la dirección para preguntar por su salón de clases. Ella, sin embargo, se dirigió a la subdirección.

—Buenas tardes, señora subdirectora.

—Buenas tardes, Ita. Dame unos segundos y enseguida te acompaño a tu salón.

—Sí, está bien. Aquí espero.

Después de unos minutos, ella y la subdirectora, caminaron juntas hasta el salón. Antes de llegar al aula que le correspondía, cruzaron dos grandes canchas de

La inocencia en la mentira

básquetbol. La subdirectora pidió permiso al maestro en turno para presentarla ante la clase. Los estudiantes se pusieron de pie y la recibieron con aplausos. El profesor también se unió. Ita no podía creer que la recibieran de esa manera, parecía un sueño. La subdirectora se despidió haciéndole saber que contaba con su apoyo en todo momento.

La clase se le pasó volando. Antes de finalizar, revisó el programa de la escuela: continuaría con una materia extracurricular —aquellas donde los alumnos pueden elegir qué estudiar de acuerdo con sus preferencias—. Leyó la lista de clases: cocina, corte y confección, carpintería y mecanografía. Ella siempre quiso aprender a escribir en una máquina. Voy a estudiar mecanografía, pensó. Le preguntó a uno de sus compañeros dónde quedaba el salón. Vente con nosotros, vamos para allá, le contestó. Cuando llegaron, ya se encontraba la profesora de la clase sentada en su escritorio.

—¿Eres nueva? —preguntó la maestra.

—Sí, es mi primer día en esta escuela.

—¿Has tomado ya una clase de estas?

—No, en mi otra escuela no tenían este tipo de actividades.

—Entonces no puedes tomarla.

—Pero yo quiero elegir esta materia, no quiero clases de cocina o corte y confección.

—La única manera de que te permita estar en mi clase será con la condición de que alguno de tus compañeros te ayude a ponerte al día.

Anita Corro

Era una maestra responsable, sin dudas. Se esforzaba para que sus estudiantes aprendieran a escribir correctamente en esas máquinas. Y eso se notaba.

—¿Quién de ustedes se compromete a ayudar a su nueva compañera? —preguntó la maestra.

Desde la última fila, uno de los estudiantes alzó la mano. Era delgado, bajo en estatura, cabellos lisos y sonrisa alegre.

—¡Yo le ayudo! —contestó desde su asiento.

—¡Ah, mira! ¡Tienes suerte! Están dispuestos a ayudarte sin conocerte.

La profesora miró a Ita y le dio las instrucciones a seguir:

—Tienes que comprar todos los libros y en cada clase me traerás la tarea vigente y me mostrarás lo que has avanzado con tu compañero.

—Así lo haré, maestra. ¡Muchas gracias a usted y a mi compañero!

Le asignaron su asiento. Durante toda la clase se dedicó a observar en silencio, mientras sus compañeros tecleaban, ajustaban el papel y alineaban el margen con un pequeño botón. A cada segundo, se escuchaba el "click" de aquellas máquinas con sus teclados metálicos. Los estudiantes estaban atentos a las indicaciones de su profesora, quien mostraba esfuerzo e interés para que sus pupilos aprendieran el arte de las letras. Al terminar la clase, les asignó la tarea para el siguiente día y les recordó limpiar sus escritorios. A Ita le pareció una profesora comprometida con su trabajo. Se acercó y nuevamente le agradeció la oportunidad de haberle permitido quedarse en su clase.

La inocencia en la mentira

Sonó el timbre para la hora del recreo. Ita no había comido, tampoco llevaba dinero para comprar nada. Prefirió regresar al salón y quedarse allí. Un pequeño grupo de compañeros se le acercó antes de que entrara. Aquellos niños eran los que, usualmente, no llevaban comida ni dinero. Como había una huerta cerca de la escuela, la invitaron a robar algunos mangos. No aceptó, quería evitarse problemas con la tutora. De todas formas, sus compañeros fueron a la huerta. En cuestión de minutos regresaron con los mangos. Se ubicaron en una esquina de uno de los patios y comenzaron a comerlos. Cuando Ita se acercó, le invitaron uno.

—Por lo visto tu tampoco traes comida ni dinero pa' comprar, te vamos a dejar comer de nuestros mangos con la condición de que pa' mañana, por lo menos, traigas la sal. ¡Solo nos dejan robar puros mangos verdes!

—Les prometo que mañana traigo la sal —contestó con una sonrisa.

Entre gestos y muecas, terminaron aquellos mangos ácidos y regresaron juntos al salón de clases.

Al término de las clases, regresó al convento. Aunque no le preguntaron por su nueva escuela, ella compartió lo feliz que se sentía en ese lugar. En seguida, terminó la merienda y salió a la capilla. Después se fue a la habitación. Se quedó despierta hasta las once para terminar sus tareas. A la luz de la vela empezó a escribirle otra carta a Rafael. Le contaba lo feliz que se sentía en su nueva escuela, también que lo quería. Sabía que a la mañana siguiente no tendría el tiempo suficiente para hacer esas actividades, quería ser una estudiante aplicada. La nueva escuela era todo lo que Ita esperaba. Los maestros eran puntuales y amables con sus estudiantes. Además, contaba con las clases necesarias. Sin embargo, el horario no le favorecía. No le daba tiempo para terminar sus labores en el convento y eso la obligaba a tener que dejar algunos de sus deberes para el fin de semana. Pensó en aprovechar los recreos para adelantar tareas. Al regresar, se quedaría despierta todas las noches leyendo hasta que la tutora le ordenara apagar la luz. En ocasiones, y hasta a escondidas, terminaba sus tareas con algún pedacito de vela que se robaba de la capilla cuando le tocaba limpiarla.

La inocencia en la mentira

Servir al llamado

I

Anita Corro

La inocencia en la mentira

Había llegado al convento una nueva monja: la hermana Margarita. Una mujer de tez clara, baja en estatura y muy delgada. La habían trasladado desde otra casa. Decían que hablaba varios idiomas y que les enseñaría a las aspirantes lenguas extranjeras. También se escuchaba decir a las hermanas que, la recién llegada, tenía planeado crear programas novedosos en la escuela para aumentar la cantidad de estudiantes. Ella tenía la experiencia y preparación porque había estudiado en universidades de renombre en diferentes países. Como quería conocer a las aspirantes, decidió pasar un rato junto con ellas compartiendo la tarde. Se le ocurrió, entonces, que podrían ver una película y comer un helado. Esas ideas de convivencia las había aprendido en las casas en el extranjero. Sin embargo, necesitaba ayuda. Del montón de aspirantes, la primera que se le atravesó, con tanta buena suerte, fue Ita.

—Toma este dinero. Ve a rentar una película adecuada, que sea de la vida de algún santo o algo así. Después, pasa por la heladería y compra helado de limón para todas las aspirantes y uno para mí de vainilla con chocolate.

Todas estaban contentas, no habían tenido un momento semejante con su tutora. En seguida Ita se dirigió a rentar la película. Como nunca había entrado a un lugar como ese, se demoró un tiempo en buscarla. El lugar era espacioso, con ocho pasillos que contenían estantes llenos de películas en formato de HVS. El dueño del lugar la observaba sin decir nada, le parecía que era

Anita Corro

una joven diferente por su vestimenta y eso le llamó la atención. Se acercó y le dijo.

—¿Le puedo ayudar en algo? ¿Qué película busca?

—Busco una película sobre la vida de algún santo.

—¿Es usted monja?

—No, pero estoy en un convento y deseo ser monja.

—Es usted muy joven para ser monja, por eso mi pregunta. Venga por este pasillo. Mire, aquí tenemos películas sobre la vida de los santos. Tome la que guste. ¿Cuántas se va a llevar?

—Solo una. Traigo la cantidad exacta para una película.

—Tome las que le guste. Serán gratis para usted. Solo le pido que las regrese a tiempo.

—¡Es usted muy amable! Me llevaré estas dos. La vida de San Ignacio de Loyola y Marcelino Pan y Vino.

—¿Está segura de que solo quiere dos? —insistió el dueño.

—Sí, con estas dos está bien.

Ambos se dirigieron a la caja para registrar las películas. El dueño les ordenó a dos de sus jóvenes empleados de la tienda que la próxima vez que regresara Ita, no le cobraran la renta de las películas. Claramente, le había impresionado aquel uniforme de monja en una mujer tan joven. Antes de salir, Ita se dirigió al dueño.

—¡Muchas gracias, señor! ¡Dios lo bendiga! Regresaré pronto para devolver sus películas.

—Con mucho gusto, señorita. ¡Que las disfruten!

Salió de aquel lugar contenta, sabiendo que a las monjas les agradaba ese tipo de personas: las generosas. Era el turno de los helados, esa sería su segunda parada. Por un momento pensó que el dueño de la heladería

La inocencia en la mentira

haría lo mismo, pero no fue así. Tuvo que pagar lo que costaban y le pareció justo. Pensaba que, si los curas y las monjas cobraban por sus servicios, los comerciantes también estaban en su derecho de hacerlo cuando se trataba de venderles a ellos. Una vez que consiguió todo, regresó al convento de inmediato.

La estaba pasando tan bien con el helado y la película, que se olvidó por completo de sus actividades pendientes. Mientras acomodaban los asientos de la sala privada de regreso, la monja les empezó a recitar el padre nuestro en un idioma diferente: Padre nostro, che seineicieli... De repente, apareció la tutora, interrumpió el rezo y llamó a Ita.

—Me parece que se te han olvidado tus actividades que no pudiste terminar durante la semana. Hoy es sábado y las tienes que terminar. Otra cosa, la próxima vez que alguien te mande por helado y a rentar películas, me tienes que pedir permiso a mí primero. ¿Entendido? Ahora ve a terminar de barrer los patios —le ordenó con seriedad.

Prefirió no contestar, había prometido practicar el voto de la obediencia. A pesar de eso, algo la confundía: la hermana Margarita también era monja y debía obedecerla. "Y yo que ya me había ilusionado con aprender otro idioma, ojalá todo esto no sea por celos", pensó. Durante el tiempo que la hermana Margarita permaneció en el convento en compañía de Ita, nunca más volvió a tocar el tema de las clases que les había prometido.

La hermana Margarita traía muchas ganas de trabajar. Una de las actividades más interesantes que se

Anita Corro

le había ocurrido, era ir a los pueblos en busca de nuevas vocaciones. La superiora le sugirió empezar en los pueblos de las aspirantes. Decidieron comenzar por el de Ita, quien tendría la tarea de acompañar a la hermana en esa misión. Esa vez, sí le avisó a la tutora, quería evitar un disgusto o celos entre hermanas.

Esa madrugada salieron juntas hacia la terminal de autobuses. A las cuatro el camión ya se encontraba listo para partir a la provincia.

—¿Vamos a viajar en ese camión todo mugroso con los vidrios estrellados? —preguntó la monja mientras señalaba el vehículo.

—Sí, no hay otro — le contestó.

A la media hora partieron. Salvo las quejas de la hermana, no hubo mayores sobresaltos durante el viaje. Llegaron a la casa de los padres de Ita justo para la hora del almuerzo. Tan pronto como las vieron, salieron a recibirlas con alegría y las invitaron a almorzar. Tanto su padre como su madre se sorprendieron por la visita inesperada de su hija. Comieron huevos con salsa, frijoles y tortillas hechas a mano. Mientras almorzaban, la monja les explicaba la razón de su visita al pueblo. Ita notó que la hermana se sentía algo incómoda.

—En cuanto terminemos de almorzar, iremos a hablar con el párroco para que nos reúna a las jóvenes de este pueblo y así poder platicar con ellas. Esperemos encontrarlo, no di aviso previo porque quise que fuera una sorpresa —comentó la monja.

—Creo que ahí está, casi no sale —contestó la señora.

—Dios quiera que lo encontremos. Muchas gracias por la comida. Dios les pague.

La inocencia en la mentira

Ita ayudó a su madre a levantar la mesa y lavar los platos. La monja, en ese mismo momento, se acababa de sentar en el único sillón de la casa a listar citas bíblicas que hablaran de las vocaciones del llamado a servir a Dios. Cuando ambas terminaron, se dirigieron a la iglesia. Empezaron a caminar por las calles pedregosas de su pueblo. Las piernas de la monja tambaleaban de un lado a otro haciendo que, en ocasiones, su cuerpo perdiera el equilibrio. Decidió mejor sostenerse del brazo de la joven. No estaba acostumbrada a caminar en calles sin pavimentar. Aun así, siguieron camino a la iglesia. Las piedras seguían interrumpiendo el camino de la monja, poco a poco empezaba a enfadarse. Hasta que llegó el momento en el que comenzó a renegar del pueblo. Ita sentía pena porque la monja perdía más la paciencia a cada paso.

Les tomó tiempo llegar a la iglesia. Cuando por fin lo hicieron, el sacerdote se encontraba trabajando en su oficina. Al ver a la monja y a la aspirante se puso de pie y las hizo pasar de inmediato. Con una sonrisa y un abrazo les dio la bienvenida. Ita se rehusó a abrazarlo.

—Buenos días, Padre.

—Buenos días, hermana.

—Venimos en busca de vocaciones, a motivar e invitar a las jóvenes a conocer la vida consagrada. ¿Puede usted hacerme el favor de reunirlas aquí en la iglesia? —preguntó.

—Está programada una misa dentro de una hora. Les voy a pedir que se queden un rato más.

—Gracias, Padre.

Anita Corro

Salieron de la oficina. El párroco fue a prepararse para la celebración y las hermanas buscaron un lugar visible dentro del templo. Al finalizar, el sacerdote invitó a las señoritas a pasar al curato en el salón de reuniones con las hermanas. Les dijo que tenían algo que comunicarles. La mayoría se quedaron. Allí, la monja empezó a hablar.

—Buenas tardes, queridas hermanas. Venimos de la ciudad hasta aquí, a su pueblo, a traerles un mensaje de Dios.

La hermana leyó algunas citas bíblicas que hablaban acerca del llamado al servicio de Dios. Les explicó en sus propias palabras lo que para ella significaban esos textos, mientras las señoritas escuchaban con atención. La hermana le pidió a Ita que pasara al frente para hablarles a aquellas jóvenes sobre su experiencia en el convento.

—Buenas tardes. No creo que necesite presentarme, ustedes ya me conocen. Mi experiencia en el convento ha sido buena. Me he acostumbrado a escuchar la misa todos los días, rezar en las mañanas y meditar. Sin olvidar de orar al Santísimo, casi, todos los días. También me gusta porque me permiten estudiar. Además, aprendí a limpiar mejor, en esos pequeños lugares donde solo Dios puede ver y llegar a... —dijo Ita.

De inmediato, la hermana Margarita se puso de pie y le hizo señas a su aprendiz para que se callara y se sentara. Se había olvidado de darle instrucciones de lo que debía decir. Le pareció demasiado superficial lo que la joven había compartido.

—Lo que la aspirante quiso decir, es que nos dedicamos a orar por nuestros hermanos necesitados.

La inocencia en la mentira

Así como también a la devoción hacia Nuestro Señor, adorándolo por una hora todos los días. La limpieza es parte de nuestra formación para mantener nuestra casa en orden y limpia. La educación también lo es, porque es nuestra principal fuente de ingresos. Muchas gracias por su atención y por su tiempo. Estaremos aquí el resto de la tarde para contestar sus preguntas. Espero que Dios haya tocado su corazón y ustedes realmente escuchen el llamado que Nuestro Señor les está haciendo en este momento por medio de nosotras. También espero que muchas de ustedes se animen a acercarse al convento.

El grupo de chicas se puso de pie y las despidieron con aplausos. Las hermanas se dirigieron a la puerta. Dos señoritas se acercaron y les hicieron algunas preguntas básicas. No mostraron interés en ese estilo de vida, solo pura curiosidad. El evento había terminado. Las hermanas le agradecieron al sacerdote y se marcharon. De camino a casa de los padres de Ita, se volvieron a encontrar con las piedras ásperas del camino. Mientras cruzaban tranquilamente las calles principales del pueblo, la hermana Margarita trastabilló con una roca que sobresalía por sobre las demás. Justo cuando iban pasando por El Portezuelo. El pie izquierdo se le dobló por completo. De inmediato la monja comenzó a quejarse de dolor.

—¡Qué horror con estas calles! ¡Mira mi pie, no puedo caminar!

—Sujétese de mi brazo. Iremos a ver al doctor, queda aquí cerca —contestó Ita.

Con dificultades llegaron. Un cuarto pequeño con poca luz y una mesa de madera, la sorprendió como

Anita Corro

consultorio. El doctor se encontraba ocupado, pero al darse cuenta de que se trataba de una monja, dejó lo que estaba haciendo para atender a la hermana. Le ofreció sentarse en una silla de madera para revisarle el pie.

—Con esta pomada sanará en cuatro semanas. Por suerte, no hay fractura —dijo el doctor, mientras untaba la pomada y vendaba el pie de la monja.

—Espero que de verdad mi pie se recupere pronto. De cualquier manera, gracias.

La hermana intentó sacar algo de su bolsa, pero el doctor la interrumpió.

—No se preocupe. No le cobraré nada.

—Muchas gracias, doctor —dijo cerrando la bolsa.

Se retiró caminando despacio con las muletas que el doctor le había prestado para caminar. Abandonaron aquel consultorio y continuaron su camino de regreso. En esa ocasión lo hicieron con más cuidado todavía. Llegaron. Al verla, los padres de la joven se preocuparon mucho por la hermana. La atendieron toda la noche, lo mejor que pudieron.

La inocencia en la mentira

II

A la mañana siguiente, después del desayuno, se despidieron y, en seguida, se dirigieron hacia la parada del autobús. Solo esperaron algunos minutos. El camión se detuvo y la hermana subió con dificultad. El camino de vuelta fue distinto: ahora las quejas ya no estaban dirigidas hacia el camión o lo brusco que era el chofer, sino que eran puros lamentos sobre su pie. Llegaron a la ciudad. De regreso en el convento, comentaron lo que había sucedido con el tobillo de la monja, la charla que habían dado en la iglesia y la noticia de que ninguna joven se había interesado aún. La hermana continuaba quejándose del dolor. Le hizo saber a la superiora que necesitaba ir con un doctor de la ciudad, porque no confiaba en los del pueblo. La superiora estuvo de acuerdo. La hermana Margarita le pidió a Ita que la acompañara. Juntas salieron al doctor en ese mismo instante.

Cuando llegaron, tuvieron que esperar su turno. La enfermera las hizo pasar al consultorio. Según por parte del médico, no había ningún error en la forma de proceder del doctor del pueblo. Solo le recomendó ponerle un yeso, si así lo deseaba. Ella aceptó. Una vez colocado el vendaje, pagaron la consulta, se despidieron del doctor y la enfermera y salieron hacia el convento.

Les tomó un poco más tiempo llegar. El pie de la hermana, ahora, pesaba más. Apenas entraron, se dirigieron a la sala privada. Fue entonces ahí cuando la hermana Margarita le ordenó que, a partir de ese momento, debería ayudarla en todas sus actividades,

Anita Corro

sobre todo con sus cosas personales. No le quedó otra opción: tuvo que decir que sí a las ordenes de la hermana. Creía que era parte del voto de obediencia y había prometido practicarlo. Empezó ayudándola para que se acomodara en el sofá. Una vez recostada, la hermana le pidió, enseguida, que le trajera algo para comer. Ahora, tenía la excusa perfecta para no preparar su propia comida. Igual, nunca lo había hecho antes: esa era una, entre tantas, de las actividades en las que nunca participaba. La joven se dirigió a la cocina, le preparó un emparedado y se lo llevó. Al terminar, le pidió que regresara los platos y los lavara por ella. Así lo hizo. Ita estaba atrasada en sus actividades por atender a la monja. Sin embargo, regresó a retomar sus tareas en cuanto pudo. La hermana Margarita pasó la tarde en la sala privada leyendo y viendo televisión. Antes de la cena, volvió a llamarla para que le llevara la merienda a la sala. Una vez finalizadas las actividades de aquel día, se retiró a descansar. Estaba exhausta.

A la mañana siguiente, como de costumbre, sonó la campana a la misma hora. Ita se dirigió a la capilla y no vio a la hermana, recordó que debía ir a ayudarla. Fue hasta su habitación. Cuando llegó, la encontró muy molesta y eso que apenas eran las seis y media de la mañana. La joven tuvo que pedirle una disculpa. En silencio, se dirigieron a la capilla. Terminaron la meditación y, como todas las mañanas, partieron a la parroquia para escuchar la misa. Iban despacio, por esa razón se quedaron al último. Al llegar, se sentaron juntas. Como en muchas otras ocasiones, Ita se volvió a dormir. Antes de que terminara la misa, el sacerdote le llevó la comunión a su asiento a la hermana, ya que se

La inocencia en la mentira

había dado cuenta de su accidente. Al acercarse, el padre observó con atención que Ita dormitaba a un costado de la monja. Cuando finalizó la misa, le hizo una seña y la llamó a la sacristía. Tuvo que dejar a la hermana Margarita al cuidado de otra hermana —con la que regresó al convento—, mientras fue a atender el llamado del cura.

Entró a la sacristía, se quedó de pie justo a un costado de la puerta. El sacerdote era un hombre alto, delgado, de tez clara y cabellos lacios. En presencia de la joven empezó a quitarse sus vestiduras.

—¿Puedo saber por qué siempre te duermes en mi misa? ¿Te parece muy aburrida? —le preguntó preocupado.

—No, su misa no es aburrida. Lo que pasa es que yo soy muy floja.

Ita pensó en la tutora. Tenía que portarse bien.

—¿Cuántos años tienes?

—Tengo dieciocho.

—No. Tienes menos seguro, dime la verdad. ¿Cuántos tienes?

—Un poco más de dieciséis.

—¿A qué hora te levantas?

—A las cinco.

—¿A qué hora te duermes?

—A las once, pero en ocasiones un poco más tarde si tengo tarea que terminar.

—Me parece que estás viviendo una vida de adulto, deberías de estar con tu familia. Todavía eres menor de edad, tienes que dormir más tiempo. Deberías de acostarte más temprano y levantarte a las seis, por lo menos. Sería lo justo a tu edad.

—¿Me va a acusar con mi tutora? —preguntó preocupada.

—No. Hablaré con tu superiora para que te cambie el horario.

—Ojalá que no me llamen la atención.

—No deberían, eres muy joven. Si ellas quieren que permanezcas en el convento mientras cumples la mayoría de edad para que definas lo que quieres, tienen que tratarte como una adolescente. Eres casi una niña. Recuerdo cuando recién llegaste. Desde entonces he notado que te duermes en mis misas. ¡Hasta que me harté y decidí hablar contigo! Mejor quédate a dormir en tu cama, de cualquier manera, no pones atención y no te vas a acordar de lo que se trató.

—Está bien. ¡Gracias por no decirle a mi tutora! Y no son tan aburridas sus misas, a veces las recuerdo. Pero en otras ocasiones no recuerdo nada, solo medio que escucho que usted está habla y habla y siento que su voz me arrulla.

—¡Ah, sí! ¡Mira no más! ¡Por lo menos eres honesta! Me gustaría pedirte que ya no te duermas en mis misas, pero pienso que no es tu culpa. Es el estilo de vida que llevas, que no va de acuerdo con tu edad. Hablaré con tu superiora. Anda, ve con tus hermanas y regresa al convento.

—Gracias, padre.

De regreso, la hermana Margarita la esperaba para que le prepara el baño. De inmediato comenzó a ayudarla. Le acercó todas sus cosas personales a un lugar accesible. Mientras la monja se bañaba, planchó su

La inocencia en la mentira

hábito tal y como se lo había pedido. Estaba todo mojado: lo había lavado la noche anterior, pero no alcanzó a secarse, tuvo que terminar de alistarlo con la plancha. Un grito, que se escuchó casi en todo el convento, la tomó desprevenida.

—¡Ita! ¡Ven aquí!... ¡Ahora!

Frente a semejante escándalo, Ita fue corriendo en seguida, no podía hacerla esperar. La monja estaba molesta porque se le había caído su ropa interior al piso.

—¡Tráeme un blúmer limpio y seco!

—Pero usted sabe que no debo entrar a su cuarto.

—¡Te lo estoy ordenando! —gritó roja del coraje.

Corrió a la habitación y se lo trajo. También, terminó de ayudarla a vestirse. Cuando salieron del baño hacia la habitación, las visitas que se encontraban en la sala voltearon a verla. Al parecer, sus gritos habían llegado hasta ahí. Se fue a su habitación y se quedó allí el resto de la mañana. Ita regresó, como era su obligación, a sus actividades.

Durante los tres meses que duró la recuperación del tobillo de la hermana, hubo días en los que a Ita se le olvidaba que tenía que asistirla con sus necesidades. Como en aquella tarde cuando la hermana le pidió que antes de irse a la escuela, pusiera treinta sillas en el salón para la reunión que tendría con los jóvenes. Pero, claro, a ella se le había olvidado. Recién lo recordó cuando estuvo en la clase de matemáticas. No pudo hacer nada. Pensó que los jóvenes que asistieran a la reunión podrían poner su propia silla y no habría tanto problema. Sin embargo, no fue así. Al regresar del colegio, la hermana la esperaba para cuestionarla.

Anita Corro

—¿Por qué no pusiste las sillas que te pedí?
—Disculpe, madre. Se me olvidó.
—Debes poner atención y no olvidar que tienes que ayudarme con todas mis actividades. Te recuerdo que este accidente me sucedió en tú pueblo. Fueron esas piedras las que me pusieron en esta situación y ahora no puedo hacer nada —contestó muy molesta.
—Está bien, así lo haré. No volverá a repetirse.
—Ahora ayúdame a ir a la capilla y después a mi habitación.

La hermana contaba con dos muletas para apoyarse, sin embargo, prefería la asistencia de la aspirante. Al caminar, ponía su mano y el ante brazo sobre el de Ita. Era como si quisiera recordarle todo el tiempo su accidente. La joven le sostenía siempre el brazo y, en ciertas ocasiones, cuando quería cambiar de posición, la monja se negaba. Todo tenía que ser como a ella le agradaba. Ita por su parte pensaba en todas aquellas ocasiones en las que le había dicho, cuando recién había llegado al convento, que era una aspirante sumisa, callada y obediente. Tal y como debería de ser una principiante a monja. Por el contrario, notaba que mientras pasaba el tiempo su actitud iba cambiando. Ahora, le decían que era una aspirante muy contestona.

Durante todo ese período de tiempo, Ita sintió que se había convertido en la esclava de aquella monja. Esa tarde, la hermana Margarita le pidió que la acompañara al doctor. Le iban a quitar el yeso. Partieron rumbo a la clínica. Llegaron puntuales a la cita, a pesar de algunas dificultades que la monja tenía al caminar. La enfermera las hizo pasar enseguida al consultorio. Una vez hecho el ingreso, el médico le dijo que comenzaría con el

La inocencia en la mentira

procedimiento. Sacó una máquina, tipo sierra, para quitarle el yeso. Ita se sorprendió, nunca había visto cómo lo quitaban. La monja estaba muy nerviosa. Ella quiso tranquilizarla. No tuvo éxito. Seguía nerviosa. Decidió tomarle la mano, pero igual no se calmaba. El doctor prendió la máquina y empezó a trabajar. Le pidió que por favor no se moviera. Siguió cortando. La monja pegó un grito exagerado. La máquina había cortado parte de su pantorrilla que, ahora, empezaba a sangrar. A pesar de eso, siguió moviéndose durante todo el procedimiento. El médico le empezó a hablar como si le hablara a un niño, insistía en que no se moviera y que mantuviera la calma. Era inútil. A simple vista, la monja parecía tener mucho miedo, como si Dios no existiera. Fue ahí, entonces, cuando Ita perdió la paciencia.

—¡Si se sigue moviendo le van a cortar la pierna! —le gritó.

—¡Eso es lo que tú quisieras! ¡¿Verdad?! —contestó la monja.

Ita ignoró ese comentario y siguió apretando su mano. El doctor por fin había terminado. La monja no dijo nada, solo se limpió los ojos. El médico le dio indicaciones para su total recuperación. Salieron del consultorio sin despedirse de la enfermera que las observaba con cara extraña. Caminaron de regreso al convento sin nada que conversar. La monja ya no necesitaba usar muletas, pero ella insistía igual. Todavía no me siento segura, le dijo sin mirarla, aunque sea por un segundo.

Anita Corro

La inocencia en la mentira

Una mirada compasiva

Anita Corro

La inocencia en la mentira

En los últimos días se había estado comentado sobre la visita de la madre regional al convento. Era la encargada de supervisar las casas de la zona. Por órdenes de la tutora, las aspirantes limpiaron todo a la perfección. A Ita le atemorizaba la idea de que realmente Dios observara minuciosamente las esquinas y los rincones, como decía la tutora. Si no le agradaba, recibirían algún castigo. Aquella ocasión no fue la excepción y limpió como si Dios la estuviera observando con un látigo en la mano. Esa mañana, se preguntó si realmente Dios la castigaría en caso de que no limpiara bien. También si era necesario tanto trabajo de limpieza para agradarle o si solamente era una forma de practicar la obediencia. Así, entre pensamiento y pensamiento, terminó de limpiar lo que le habían asignado.

El comedor principal estaba listo con los cubiertos más finos y suficientes para las monjas y aspirantes. La madre regional llegó acompañada de otra monja como su asistente. Todas tomaron sus lugares para el desayuno. Mirando a las aspirantes, la madre regional se dirigió directamente a ellas. Les hizo saber que quería hablar con cada una en privado. La superiora de la casa comentó que no sería posible en esa ocasión, ya que las aspirantes tenían muchas actividades y por la tarde asistirían a la escuela y no podrían faltar. Ita contestó enseguida:

—Yo voy muy bien en mis clases y no tengo ningún problema si falto el día de hoy, prefiero conversar con usted.

Anita Corro

—Me parece perfecto. Más tarde nos reunimos —contestó la regional.

Continuaron con la charla. Las aspirantes se levantaron en cuanto terminaron para empezar a lavar los platos. Las monjas pasaron a la sala privada para continuar su conversación.

Ita estaba haciendo sus labores cuando la madre regional la llamó, era su turno para su charla. Dejó la escoba recargada sobre uno de los pilares del corredor y se dirigió a la habitación que compartía con sus compañeras. La madre la siguió. Entraron. Ita buscó su cama para que se sentaran, aquella que le asignaron la primera noche que llegó al convento. Esa que tenía un resorte fuera de su lugar y le picaba la espalda, algo a lo que ya se había acostumbrado. Sin embargo, pensaba que tanto sus hermanas como ella merecían algo mejor. Ita se adelantó y se sentó en la parte más cómoda de la cama dejándole la parte más incómoda con aquel metal asomando por el colchón a la madre regional. La joven notó que el rostro de la madre cambió en cuanto su cuerpo tuvo contacto con aquel metal de la cama. En esa postura se quedaron el resto de la conversación.

—Ita, me gustaría saber ¿cómo te sientes en nuestra comunidad?

—Mire, madre: yo no sé hablar bonito con palabras elegantes como ustedes, pero le voy a decir lo que siento. Estoy muy agradecida por la oportunidad que tengo aquí para terminar la secundaria. También por la comida. Todas las mañanas después de la misa y el desayuno, dependiendo del día que sea, me dedico a limpiar, dar clases a los niños, vender en la hora de recreo y los sábados doy catecismo a niños más grandes. Todo eso

La inocencia en la mentira

está bien. Cuando llegué los primeros meses me parecía que todo lo que sucedía era parte de la formación para llegar a ser una monja, pero últimamente me siento incómoda. La manera en que dos de las hermanas me han tratado, me parece que no se me hace justo.

—Por favor, dame ejemplos de cómo se comportan.

Ita fue breve y resumió más de un ejemplo. La hermana regional escuchó con atención. Tenía una mirada compasiva. Era alta, delgada, de tez oscura y cabello negro. Pasaron los minutos y no se movía de su posición a pesar de la incomodidad. Quería ser ella la que diera el buen ejemplo. Ita estaba muy nerviosa, no sabía que sucedería al terminar ese encuentro. La hermana percibió su preocupación y quiso tranquilizarla tomándole las manos.

—Te prometo que haré todo lo posible para que te sientas como un ser humano en esta casa. Y gracias por tu confianza.

—Quiero comentarle otra cosa.

—Dime.

—Me gustaría quedarme aquí hasta que cumpla la mayoría de edad y después, si todavía quiero ser una monja, me quedaré. Pero si decido lo contrario me iré. ¿Puedo hacerlo?

—Sí, lo puedes hacer. Tienes que experimentar cada una de las etapas de esta vida consagrada con compromiso. Además, por lo que me has contado y lo poco que he percibido, trabajan mucho y eso es una gran ayuda para nuestra comunidad y nuestra escuela. De mi parte oraré por ustedes para que un día lleguen a ser hermanas que amen a nuestro señor Jesucristo. Pero si

deciden regresar a sus hogares, deseo que sean mujeres de bien para nuestra sociedad.
—Muchas gracias, madre.
—Es mi deber escucharte.
Ambas se pusieron de pie, fue la madre regional la que abrió los brazos para darle aquel abrazo. Después dio la media vuelta, al mismo tiempo que bajaba su mirada, para observar con más atención la parte de la cama que tanto le había picado durante toda la conversación. Observó, además, por unos segundos, aquella habitación que compartían las aspirantes. Sin prisas, salieron. La monja fue a buscar a la siguiente aspirante, mientras Ita regresaba a sus labores de aquella tarde. La tutora se encontraba en la capilla, había dicho que sustituiría a las hermanas en su hora de visita al Santísimo mientras ellas tenían su reunión. La madre regional continuó con las conversaciones en privado con cada una de las hermanas. Aquel día terminó con el agasajo a la visita, en el comedor principal. Mientras cenaban, la regional observó con atención a cada una de las hermanas.

A la mañana siguiente, después de la misa, todas se reunieron en la sala principal de la casa para despedirla. Cada una tuvo la oportunidad de despedirse de ella con un abrazo. Cuando le llegó el turno de Ita, la madre le dijo al oído que pronto cambiarían las cosas y le pidió paciencia. Se despidieron. La madre regional y su asistente partieron a su casa en el extranjero.

La inocencia en la mentira

Como si se lo estuvieran diciendo a Dios

Anita Corro

La inocencia en la mentira

Había pasado un tiempo desde aquella visita de la madre regional. Cada día que transcurría, se cruzaba por la mente de Ita el miedo de que, en cualquier momento, le llamaran la atención por aquella conversación privada que habían tenido.

Una mañana de domingo, después del desayuno, la madre superiora se dirigió a las aspirantes —que se encontraban en ese momento limpiando en la cocina— y les pidió que la acompañaran. Se dirigieron juntas al que había sido el salón de llamadas telefónicas y preparación de clases. Entraron. Ahora, lo habían adaptado para que fuera la nueva habitación de las aspirantes. Era un salón alto, con puertas y ventanas de madera. La habitación ya estaba dividida por cortinas oscuras que dejaban un espacio para la cama de cada joven. Las camas eran nuevas al igual que las cobijas. Era una habitación limpia y ordenada. Las aspirantes se mostraban contentas y agradecidas por aquel amplio espacio del que ahora podrían disfrutar.

Las novedades continuaron. La superiora dio órdenes para que, ese día, a la hora de la comida se sentaran todas juntas en el comedor principal. Las aspirantes siguieron las instrucciones y pusieron la mesa para todas. Durante la comida, mientras se encontraban reunidas, la superiora dio el segundo anuncio.

—Les quiero comunicar que el próximo fin de semana habrá un retiro espiritual en el convento del silencio que tienen nuestras hermanas religiosas en las afueras de la ciudad. Nos han invitado a participar y he decidido que las que deben asistir a ese retiro serán la

Anita Corro

hermana Lucrecia, la hermana Margarita y la aspirante Ita. El sábado estará dedicado a las hermanas y el domingo a Ita.

Las hermanas Lucrecia y Margarita contestaron de inmediato que no faltarían. Ita, por su parte, se tomó unos segundos para responder imitando a su tutora. La superiora continuó hablando.

—En esta ocasión les tocó el turno a nuestras hermanas, las que no participaremos vamos a orar por ellas. Recuerden que se trata de un retiro para reflexionar sobre nuestra conducta y vida consagrada dedicada al servicio de Dios.

Terminaron de comer y regresaron a sus actividades. Las aspirantes empezaron a disfrutar de aquella nueva habitación: ahora podrían descansar mejor. La hermana Margarita comenzó a ser más amable con ellas. Cuando les pedía algo, ahora se los solicitaba de favor y les daba las gracias.

Esa tarde, la tutora le ordenó a Ita que tenía que llevar un paquete a uno de los sacerdotes de la parroquia. Un poco temerosa, pero alerta como en cada ocasión que se encontraba cerca de alguno de los sacerdotes, salió del convento y se dirigió hacia allí. Empezaba oscurecer. Ella sabía cual era la habitación del cura. Tocó la puerta y enseguida salió aquel sacerdote alto, delgado, de tez clara y cabellos castaños.

—¿Qué tal, monjita? ¿A qué debo su visita?
—Buenas tardes, padre.
—Buenas, monjita. Pásate.

El sacerdote tenía la puerta entreabierta. Ita pudo mirar, por algunos segundos, hacia adentro: solo había una cama y en el fondo un pequeño armario con una

La inocencia en la mentira

televisión. El cura le señaló la cama para que se sentara. Ella, que ya había tenido una mala experiencia con el cura de su pueblo, de inmediato pensó en lo arriesgado que sería si aceptaba la invitación del cura. Prefirió seguir su intuición.

—Esto es para usted —le dijo muy nerviosa.

El cura se dio la media vuelta para volverla a invitar a que pasara a su habitación y no tomó el paquete. Volvió a sentir aquel miedo que le aterraba cuando estaba a solas con un cura o con algún hombre mayor que ella. Sus manos empezaron a temblar. Estaba segura de que no quería entrar en esa pequeña habitación. Lo único que se le ocurrió fue dejar aquel paquete en el suelo y salir corriendo. El cura volteó y se quedó observándola. No quiso voltear a verlo y siguió corriendo por aquella calle mal alumbrada. A pesar de que estaba en un convento, sentía que tenía las mismas inseguridades que cualquier otra jovencita de su edad cada vez que salía de la casa.

Llegó el fin de semana. Las hermanas Lucrecia y Margarita se ausentaron todo el sábado para asistir al retiro espiritual, tal y como se los había ordenado la superiora. A pesar de que era domingo, Ita se tuvo que despertar más temprano de lo normal. Salió del convento y fue sola hasta la parada del autobús que la llevaría al lugar donde sería el retiro. Llegó. La recibieron dos hermanas bastante jóvenes de hábitos café y muy largos. En la capilla, la estaban esperando el resto de las hermanas: eran las novicias de aquella organización. También se encontraba el sacerdote quien dirigiría el retiro. Parte del ejercicio era practicar el silencio: no debían mencionar ni una sola palabra entre ellas, solo podía hablar el sacerdote.

Iniciaron con una misa. Cuando terminó, se retiraron a un salón de estudios. Participaron quince jóvenes quienes escucharon atentamente la lectura del sacerdote, de la sagrada Biblia. Lectura que mencionaba con énfasis la dedicación y entrega a Cristo. El sacerdote les decía:

—Recuerden hermanas que nuestro señor Jesucristo está presente en cada una de ustedes. Cada acto que ustedes realicen, lo tienen que hacer en el nombre de Dios. ¡Siéntanse elegidas! ¡Bendecidas por estar en un lugar sagrado como este! Cada palabra que salga de su boca es como si se la estuvieran diciendo a Dios y no a sus tutoras. Sus superioras son las representantes de Dios en sus vidas y por eso deben respetarlas. Deben practicar el voto de la obediencia con mucha paciencia y amor porque es a Dios al que están obedeciendo, no a sus tutoras o superioras.

Todas las actividades fueron dirigidas por el sacerdote. Solo él podía hablar. Al final del día, ya casi al anochecer, el cura dio por terminado aquel retiro.

—¡Felicidades! Ahora vayan a jugar al patio y a reír y festejar que Dios está en cada una de ustedes —les dijo muy alegre.

Todas hicieron lo que el cura les ordenó, excepto Ita. Se quedó en el mismo lugar sin decir nada. Después de unos segundos, empezó a caminar hacia la puerta. Una de las hermanas mayores la observó y le hizo saber que debía obedecer al sacerdote. Ni siquiera se molestó en contestarle y siguió caminando. Pensaba en la carta que le escribiría contestándole a Rafael y en la tarea que tenía que entregar al siguiente día.

La inocencia en la mentira

Cuando llegó al convento, la tutora la estaba esperando en la sala de visitas.

—¿Por qué te viniste antes de que terminara el retiro? El padre les dijo que fueran a convivir al patio — le preguntó con seriedad.

—Me siento un poco mal del estómago —le contestó muy nerviosa.

—Ve a descansar para que mañana puedas hacer todas tus actividades.

Al terminar la tarea, se puso a escribir una carta a Rafael. Le contó todo sobre el retiro, entre otras cosas. Mientras hacía su tarea apoyada en la mesita de noche, se preguntaba cómo era que la tutora se había enterado de que no quiso ir a jugar al patio con las novicias. Seguro ese cura que ni sabe quién soy y solo me acusó, pensó.

Al siguiente día, cuando regresó de la escuela, le notificaron que había recibido otra carta de Rafael. Era febrero. En ella se podía leer: te iré a visitar nuevamente y esta vez te tengo un regalito para ti. Se atrevió a mencionar sobre el final un: nos vemos el catorce del presente mes. La tutora le entregó en mano esa misma carta sin decir nada. No obstante, al día siguiente, todas habían desaparecido debajo de su almohada. Preguntó a sus compañeras, pero nadie las había visto. Sintió que alguien le había apretado el corazón. Aun así, no se atrevió a preguntarle a la tutora.

Llegó el catorce. Ita lo esperaba antes de que tocara la campana de las cinco. No fue hasta ya casi terminando el día que él pudo llegar. Cuando sonó la campana, corrió a la puerta, pero la tutora ya estaba allí. Solo pudo

157

verlo por un pequeño cuadro con barras de metal. También lo alcanzó a escuchar. Estaba oscureciendo. Él llevaba en la bolsa de su pantalón las monedas exactas para invitarla a cenar unos tacos. Escuchó a la tutora decir que no podía salir porque ya era tarde para las visitas. La luz que en sus ojos se encendía cada vez que pensaba en ver a su amada, se volvió oscura como la noche, que ya estaba cayendo. Metió sus manos en los bolsillos, apretó con bronca sus monedas y regresó a la terminal de autobuses. Se le había quitado el hambre. Ella, esa noche, también se fue a dormir sin merendar.

Le volvió a escribir explicándole porqué no la había podido ver ese día, porqué tampoco había podido entregarle su regalo y que estaba dispuesto a dejar el seminario para estar con ella.

El problema nunca fue lo que decía esa carta, sino que Ita jamás la recibió.

La inocencia en la mentira

Aquí practicamos el voto de la pobreza

Anita Corro

La inocencia en la mentira

Sus padres la visitaban cuando les era posible, nunca la abandonaron desde que ella había tomado la decisión de irse. Su papá, a pesar de que no estaba de acuerdo con que estuviera en ese lugar, siempre se hacía presente con sus visitas. Eso sí, le incomodaba tanta seriedad por parte de las monjas. Si bien estas se esforzaban por ser buenas anfitrionas, él se sentía vigilado. Con frecuencia le enviaba dinero, aun cuando el sacerdote del pueblo le había dicho que, una vez aceptada en el convento, las monjas se encargarían de todos sus gastos personales y él no tendría que preocuparse por nada.

Una mañana de lunes Ita se encontraba en la cocina. Era su turno para cocinar durante ese mes. La tutora la llamó para darle una notificación que había llegado recientemente. Se trataba de un telegrama de su padre.

—Tómate el tiempo necesario para ir a la oficina de telégrafos. Está un poco retirado, así que no te preocupes por tus actividades hoy —le dijo la tutora.

—¡Gracias, madre!

Recibió la notificación con una sonrisa y se fue. Salió muy emocionada del convento con destino a la oficina de telégrafos. Les preguntó a varias personas en la calle qué autobús tomar o que metro usar para dirigirse a esa dirección. Siempre que le ayudaban, escuchaba con atención para no perderse. Sin embargo, había veces en las que se distraía y no tenía más opción que volver a preguntar. Esa mañana le tocó tomar dos microbuses y una línea del metro para llegar a la oficina. Una vez allí, no tuvo ningún inconveniente y recibió el telegrama de su padre. El mensaje decía: Este dinerito es para tus gustos, mijita. Un abrazo. Tu papá.

De vuelta en el convento, buscó a la tutora para avisarle que ya había regresado.

—¿Qué fue lo que te enviaron?

—Mi papá me envió un dinero.

—Recuerda que aquí practicamos el voto de la pobreza. Nosotras no debemos tener ni guardar dinero. Me vas a dar ese dinero y yo te voy a administrar tus gastos. ¡A ver, dámelo!

Ita no había pensado en la posibilidad de que la tutora le quitara su dinero. No pudo hacer nada. Había prometido practicar los votos de la congregación.

—Aquí está —dijo y le entregó el sobre del telegrama con todo su dinero.

—Por el resto de tus actividades no te preocupes, mañana las terminas. Vete tranquila a tus clases.

Tampoco supo que contestar. No pudo ni quiso darle siquiera las gracias. Se fue a la habitación a cambiarse de uniforme para ir a la escuela. Mientras caminaba por la cera, pensaba en ese dinero que su padre le había enviado. Regularmente le llamaba por teléfono cada semana. Estaba segura de que la próxima vez le preguntaría sobre el dinero. No sabía qué debería contestarle. Las llamadas de su padre eran puntuales y tenía que pensar en una respuesta. Decidió que le daría las gracias por el dinero y nada más.

Para el siguiente telegrama, Ita pensó en guardarse una parte de su dinero porque del anterior no supo nada. Antes de llegar al convento, rompió el telegrama. Pensó en la posibilidad de que le preguntaran por el papel, pero ya había planeado contestar que se le había

La inocencia en la mentira

caído a un charco de agua. Era época de lluvia y abundaban los baches en la ciudad. Regresó con la tutora. Tomó el sobre blanco con la cantidad y se lo entregó.

—¿Te han enviado la misma cantidad que la ves pasada? ¿O un poco más?
—No. Esta vez fue menos.
—No te preocupes por tu dinero que yo te lo voy a administrar como el anterior.

Ita nuevamente no le dio las gracias, simplemente regresó a sus actividades. Su padre siempre le enviaba la misma cantidad. La tutora lo seguía guardando. Ella se guardaba una parte para cuando se enfermaba. Con esa diferencia podía ir a la farmacia y comprar algún medicamento, las visitas a una clínica no eran comunes para ella. Las únicas ocasiones que le pedía su dinero a la tutora, era cuando iniciaba el año escolar. Solo aquellas veces le daba una parte del dinero. Lo necesitaba para pagar sus libros, uniformes y zapatos. La tutora siempre le preguntaba por el precio de cada cosa para darle la cantidad exacta. Si veía que los zapatos todavía estaban en buenas condiciones, no le daba dinero. Esa monja acostumbraba a guardarse la mayor parte.

Cuando la visitaban sus padres, le llevaban ropa y zapatos. Jamás les pidió nada, pero ellos veían que lo necesitaba. En una de sus visitas, su madre la vio más flaca que otras ocasiones, incluso le comentó que estaba muy pálida. Decidió llevarla a la clínica: el doctor le diagnosticó anemia. Le recetó unas vitaminas y la inyectó. Le sugirió comer más y dormir mejor, era necesario ya que estaba en la edad de la adolescencia. Ita

Anita Corro

les decía que a veces se iba a la escuela sin comer porque la comida estaba caliente. En realidad, casi siempre se iba sin comer.

Sus padres querían pasar el mayor tiempo con ella cada vez que la visitaban.

—Vamos a comer, aunque sea a una fondita.

—Está bien, solo tengo que pedirle permiso a la tutora.

—¿Cómo? —replicó su padre muy molesto.

—Sí, tengo que pedir permiso cada vez que quiero salir.

—Pero ¡se trata de nosotros, tus padres!

Ita no contestó, sabía que él tenía razón. Sin embargo, si quería seguir en ese lugar tenía que respetar las reglas. Le fue a pedir permiso de todas formas. Luego, se fue con sus padres a comer.

Regresaron al anochecer. La tutora se encontraba seria, pero tenía que sonreírles a los padres de su aspirante para quedar bien. Ita se despidió de ellos.

—Cuídate mucho mijita y, por favor, cómprate lo que quieras con este dinero —le dio la bendición y puso más dinero en su mano.

—Sí, papá. Gracias.

Su padre nunca se enteró que la tutora guardaba la mayor parte del dinero que le enviaba. Se enteraría años después, lo cual, lo enfureció.

La inocencia en la mentira

El fandango

Anita Corro

La inocencia en la mentira

Las vacaciones se daban una vez al año. Le habían prometido, al ingresar al convento, que siempre le darían dos semanas para ir a visitar a su familia. El tiempo de ocio, debido a la cantidad de tareas en el convento, era escaso, prácticamente no existía. Ita se mantenía muy ocupada durante todo el día y la noche no le alcanzaba para dormir lo suficiente. Por eso, esperaba ansiosa sus dos semanas de vacaciones en el pueblo.

Aún estaba oscuro, era el alba y las campanas no paraban de repicar. Los gallos también se unían al unísono con semejante alboroto.

—¡Levántate! ¡Vámonos a misa! —le decía su madre, mientras la movía intentando despertarla.

—No, yo no quiero ir. Yo quiero seguir durmiendo, tengo mucho sueño —le contestó mientras se tapaba la cara con la sabana.

—¿Cómo que no quieres ir? Si no vas, el padre me va a preguntar por ti. ¡Tienes que ir!

—No le digas que estoy aquí.

—Si no te ve ahorita, te va a ver más tarde o mañana y se va a enojar. Tienes que ir. ¡Ándale! ¡Vámonos!

—Está bien, ya voy, ya voy.

Ambas, madre e hija, se dirigieron al templo. Durante la misa Ita participó en todas las actividades. Al terminar la celebración, el sacerdote se dirigió a ella.

—Buenos días, Ita.

—Buenos días, padre —contestó nerviosa y siempre manteniendo su distancia.

—Me alegra mucho que te hayan dado tus vacaciones justo para la Semana Santa. Necesito que me ayuden con

Anita Corro

las actividades en San Pedro Salinas. Esta vez, quiero que tú y Antonio se encarguen. No lo vi en misa, pero sé que está en el pueblo. Quiero que vayas por él y me lo traigas aquí, para darles las instrucciones de lo que tienen que hacer.

Ita se dirigió a la casa de Antonio. Era un joven seminarista: alto, delgado, de cabellos lizos y de tez morena. Cuando llegó a su casa, tocó la puerta. La mamá del joven fue la quien la recibió; una señora alta y delgada.

—Vengo de parte del padre a decirle a Antonio que venga conmigo a la oficina porque tiene algo importante que decirnos.

—Mira, mijita. Antonio me dijo que por ningún motivo lo fuera yo a despertar porque quiere dormir bien. Y conociéndolo, no lo voy a molestar. Dile al padre que cuando se despierte, le digo que vaya a verlo.

—Está bien. Muchas gracias.

Ita regresó con el párroco y le dio el recado de la señora.

—¿Quién puede estar durmiendo a esta hora y con este calor? ¡Ve otra vez y me lo traes! ¡Los quiero a los dos aquí, ahora mismo! —le ordenó.

Ita regresó a la casa del seminarista.

—Ya te dije, hija, que yo no lo voy a despertar, pero tú sí puedes. Pásate y despiértalo tú. Contigo no se va a enojar. Pásate, hija. Con confianza, despiértalo.

Ita pensó en las palabras determinantes del padre, sabía que tenía que regresar con él. También pensaba en la posibilidad de encontrar desnudo a Antonio. Nunca había visto a un hombre sin ropa. Se le ocurrió rezar para que estuviera cubierto.

La inocencia en la mentira

—Sigue este pasillo, en la tercera puerta está su cuarto. Entra tú y despiértalo, porque si lo hago yo, pa´ que quieres que se enoja conmigo. Pero contigo no se enoja. Pásate no tengas pena.

Mientras Ita recordaba las indicaciones de la señora, al mismo tiempo, empezó a rezar un padre nuestro para encontrar a Antonio tapado. Comenzó a caminar despacio por aquel pasillo. Seguía rezando. Pasó la primera puerta. Se le terminó el primer padre nuestro. Inició el segundo. Caminaba lento como para no llegar. Pasó la segunda puerta. Seguía rezando. De fondo escuchaba a la mamá de Antonio torteando las tortillas a mano. Eran las nueve y media de la mañana. Los rayos del sol entraban por los grandes ventanales de aquella casa de techo de concreto. Llegó a la habitación. Terminó justo con el segundo padre nuestro.

No había puerta, solo una cortina de color azul como las paredes de la casa. Se detuvo frente a ella y, con mucho cuidado, la abrió tantito. No pudo ver nada. Abrió aun un poco más y recién ahí lo vio: no tenía camisa. Estaba cubierto con una sabana blanca justo del ombligo para abajo. Se animó a entrar. Se detuvo a lado de la cabecera de la cama y se quedó observándolo. Dormía profundamente. Ella, en un costado, no paraba de repetirse: si yo no le hubiera hecho caso a mi mamá, estaría durmiendo también en mi cama, así como él y no estaría aquí metida en su cuarto. Espero que de verdad no se vaya a enojar conmigo.

Por fin se decidió a tocarle la cabeza. Suave y lento, con las yemas de los dedos enredándose en su cabello, mientras le decía que se despertara. Él seguía durmien-

Anita Corro

do. Lo intentó en dos ocasiones más, pero no se despertó. Decidió tocar su hombro. Tampoco despertó. Ita sabía que tenía que despertarlo. Lo llamó por su nombre, pero seguía durmiendo. No sabía qué hacer. Si fueras mi hermano, te tocaría la nariz y enseguida te despertarías, pensó. Pero se trataba de un joven seminarista quien aspiraba a ser un sacerdote. Habían cursado juntos la primaria, pero nunca habían sido amigos. Aunque tenían exactamente la misma edad, no se atrevería a picarle la nariz. Volvió a tocarle el hombro, en esta ocasión sacudiéndolo. Por fin, empezó a despertar. Ella se asustó, pero de todas formas se quedó allí, inmóvil.

—¿Qué haces tú aquí? —le preguntó muy sorprendido, mientras se tapaba el resto del cuerpo con la sábana.

—El padre quiere hablar con nosotros.
—Dile que ahorita voy.
—Te espero afuera.
—No, vete. Yo llego en un ratito.
—Te voy a esperar en la calle, me dijo que no fuera a regresar sin ti. No te tardes porque es la segunda vez que vengo.

Ita salió del cuarto y pasó por la cocina donde se encontraba la mamá de Antonio. Atrás salió él tallándose los ojos. Antes de salir a la calle, volteó a ver a su madre.

—¡Ni me mires! ¡Que yo no te desperté! —le dijo ella mientras quitaba la tortilla del plástico para echarla al comal.

—Luego vengo. Voy a ver qué quiere el cura.

Salió. Ita lo esperaba sentada en el borde de la banqueta.

La inocencia en la mentira

—¡Vámonos pues! —le dijo él.

—Disculpa por despertarte de esa manera. Tenía que hacerlo.

—No te agüites, no pasa nada.

Llegaron a la oficina del párroco quien se encontraba desesperado. En cuanto los vio, les dijo que se pasaran.

—¡Gracias a Dios ya están aquí! Hoy, ya siendo lunes, quiero que inicien la Semana Santa en San Pedro Salinas. Aquí tienen esta guía para las liturgias de lo que tienen que ir haciendo cada día de la semana. Claro, con la participación de la gente del pueblo. Yo iré a partir del jueves, pero quiero que ustedes preparen todo antes de que llegue.

—Está bien, padre —le contestó el seminarista mientras tomaba el libro de la guía.

—Está bien, padre. Así lo haremos —concluyó Ita y salieron de la oficina.

Afuera, se miraron los dos por unos segundos. Después, Antonio le pidió que lo esperara, mientras él iba a conseguir un carro porque no había transporte público para trasladarse hasta aquel pueblo. Allí lo esperó. Enseguida regresó con la camioneta de su tío, se la había pedido prestada. Ita subió al carro y partieron al pueblo. Empezaron a platicar sobre quien se haría cargo de aquel trabajo. Él dijo que no sabía cómo, no tenía ni idea de lo que debían hacer. Ella por su parte desconocía lo que los sacerdotes hacían durante esa semana. Cuando asistía a esas actividades, se limitaba solo a participar. Al escuchar los comentarios de Antonio, descubrió que él, al igual que ella, mostraba poco interés por ser sacerdote. Ya no se sentía tan mal, ahora sentía que compartía esa culpa. Les tomó más de una hora subir por San Ildefonso y recorrer el camino sin pavimentar por aquellas montañas cubiertas de cajetes de sal.

Cuando llegaron a ese pequeño pueblo en las montañas, fueron recibidos por el sacristán del lugar. Antonio le dio instrucciones para que llamara a la gente. Las campanadas se hacían escuchar entre aquellos cerros, una y otra vez, a pesar de lo pequeño que era el campanario. La gente comenzó a llegar, creían que habría misa. Con todos reunidos una vez en el templo, se dirigió a ellos.

—Buenos días, queridos hermanos. Mi compañera Ita y yo nos vamos a encargar de las actividades para esta Semana Santa. El padre vendrá a partir del jueves, por lo que les pediremos su colaboración para la organización de los eventos.

Enseguida las catequistas y algunos jóvenes levantaron la mano para ayudar. Entre todos se fueron poniendo de acuerdo para realizar cada una de las actividades. De acuerdo con la guía, esa misma tarde, debían dar una plática sobre la institución de la eucaristía y el orden sacerdotal, después el rosario y por último el viacrucis. Antonio decidió que se omitiría la charla, por falta de tiempo. Asignó a cuatro catequistas —las que tenían más experiencia— para rezar el rosario y el viacrucis. Con la participación de los jóvenes y las catequistas, completaron el lunes santo. Por las tardes regresaban a sus casas y nuevamente muy temprano por las mañanas, retornaban al pueblo. Se organizaron de igual modo el martes y miércoles. Antonio e Ita participaron de toda la jornada, pero fueron las

La inocencia en la mentira

catequistas quienes rezaron, leyeron y coordinaron cada actividad. Ellas ya se habían dado cuenta de que el seminarista y la futura monja carecían de experiencia para realizar esas festividades tan importantes y por eso participaban con más interés. Aun así, no dijeron nada.

La llegada del párroco les preocupaba. Antonio practicó la representación de la última cena con los jóvenes voluntarios esa mañana de jueves e Ita le recordó a todo el pueblo que debían traer comida para compartir en aquella conmemoración cristiana. El sacerdote llegó puntual. Una vez comenzada la misa, notó de inmediato que las catequistas eran las que leían las lecturas y rezaban. Ita y su compañero solo se limitaban a participar con el resto del pueblo. No les dijo nada. Continuaron con el lavatorio. Al terminar, el sacerdote se acercó a ellos.

—Por favor, sigan organizando a la gente para el viernes santo y el sábado. Regresaré el domingo.

—Está bien, padre —le contestaron ambos.

El párroco había notado la falta de experiencia y entrega al trabajo por parte de sus enviados, pero no se los hizo notar. Ita pensaba que el sacerdote les había encargado esa misión para que demostraran su capacidad y destreza ante una festividad tan importante. Sin embargo, el cura había descubierto que no estaban preparados para esa responsabilidad. De todas formas, los dejó que enfrentaran solos ese trabajo.

Continuaron con el viacrucis y la celebración de los santos oficios y la procesión en silencio del viernes santo. Acompañados por algunas personas del pueblo, Antonio e Ita, iluminaron el atrio con velas para la

bendición del sirio pascual. A la mañana siguiente, vistieron de blanco la imagen de Cristo y decoraron la iglesia con flores blancas que las personas de la comunidad llevaron. Las catequistas ensayaron las lecturas y los salmos.
 El sacerdote, tal y como estaba previsto, regresó ese día para dirigir el pregón pascual. Todo era motivo de alegría debido a la resurrección de Cristo. Cuando terminaron las festividades, algunas señoras se acercaron al seminarista quien representaba a los clérigos, para regalarle una gallina en agradecimiento. Muy apenado las iba aceptando una por una. Regresaron al pueblo por la noche junto con el párroco, en la camioneta que había pedido prestada Antonio. Casi no hablaron durante todo el camino. A pesar de haber sido domingo de gloria, parecía viernes de silencio. Al llegar a la parroquia, se despidieron con un saludo de buenas noches, eso fue todo.
 A Ita le restaba una semana más de vacaciones. Esa tarde de lunes, el caballo moro, que tenía la familia, estaba sediento y alguien debía llevarlo al Llano para tomar agua. Se acercó a él para acariciarlo y se dio cuenta de que, a pesar del tiempo que había pasado, la seguía reconociendo. Le colocó unos costales como montura y lo acercó a una piedra alta para poder montarlo. Los zapatos se le resbalaron por las medias, allí los dejó, en el patio de su casa. Hacía calor. Decidió quitarse las medias, el chaleco gris y se desbotonó la blusa blanca y transparente. Así salió del patio, galopando con destino al Llano.
 En el camino se fue encontrando con la gente del pueblo quienes la observaban con curiosidad y

La inocencia en la mentira

cuchichiaban al ver a la monjita en esas fachas. Al llegar al río, se bajó, acercó el caballo a la parte más profunda. Allí también se encontraban dos señoritas lavando ropa. El potrillo se agachó y empezó beber. Ita mojó sus pies, también su rostro. No tenía con que secarse, el agua corría por su pecho. Las mujeres murmuraban al ver a la futura monja sin zapatos, sin medias y con una blusa que dejaba ver sus pechos. Una de las lavanderas se le acercó y en un impulso inexplicable le soltó una nalgada al caballo. Este reaccionó y le regresó una patada que la supo esquivar. Solo le rozó el hombro. Ita de inmediato lo jaló para tranquilizarlo, estaba muy asustado. No entendía la actitud de la joven. Supuso que ya no la veía igual por ser una aspirante a monja y solo deseaba molestarla. Sin decir nada, se alejó de esa poza de agua y se fue río arriba rumbo a La Toma.

Se detuvo en unas rocas en medio del río, era la época en la que el agua estaba transparente. Allí se sentó mientras el caballo terminaba de refrescarse. Por un instante, recordó a Rafael, pensó que había decidido ser un seminarista. Después de unos segundos, giró a su alrededor para ver si alguien la observaba, pero no vio a nadie. Volvió a mojar su rostro y, en esta ocasión, se mojó el cabello también. Después acercó el caballo a una piedra alta para montarlo nuevamente. Regresó a la casa al galope. Desde la puerta del patio, su madre la vio llegar.

—¿Así fuiste al Llano?
—Sí, ¿por qué?

Anita Corro

—¿Cómo que por qué? ¡Qué no ves que estas estudiando pa' ser monja y tienes que comportarte y no andar en esas fachas! ¡Mira nomas cómo vienes!

—Casi nadie me vio.

—Con una persona que te vea es suficiente pa' que se entere todo el pueblo.

Ita dejó a su madre hablando sola en el patio y se dirigió al cuarto para cambiarse de ropa. Al terminar, fue hacia a la cocina para cenar en familia. Esa noche, se durmió muy tarde. A la mañana siguiente, se despertó al medio día. Su madre dijo que la estaban esperando para almorzar. Mientras comían, su padre les recordó que al día siguiente deberían asistir al casamiento al que los había invitado el tío Simón.

—Por favor, quiero que te comportes porque hoy en el molino me enteré que ya andan hablando de como andabas en el Llano con el caballo. También de como le contestaste a la señorita encargada de las lecturas y cantos en la misa —le dijo la madre a Ita.

—¡Ah! Ella se lo merecía por ser tan mandona y por esa costumbre que tiene conmigo de siempre estarme jodiendo, queriéndome hacer sentir mal. Solo le dije que me dejara en paz. Parece como si le molestara lo que yo hago y tengo. Es lo que pienso de ella. Es todo.

—¡Déjala! No la molestes, son sus vacaciones —replicó el padre.

—¿Cómo que déjala? Es una aspirante a monja y debe andar siempre con el uniforme.

—Está bien, iré a la fiesta con ustedes y prometo portarme bien —contestó Ita.

De acuerdo con la tradición del pueblo, empezaron a preparar el mole bien temprano en la madrugada. Con

La inocencia en la mentira

las mañanitas y al ritmo de La cumbia del mole de Lila Downs, las molenderas trabajaban en casa de los novios. El baile sería en la casa de la novia, por la tarde. Todos estaban listos para partir al fandango. Ita llegó junto a sus padres a la fiesta. Apenas ingresó, se quedó cerca de la mesa donde ya se encontraba el pastel, no quería perdérselo. Algunos jóvenes se le acercaron para saludarla. De fondo comenzaron a sonar algunas notas: era el abuelo paterno de Ita, el trompetista de la banda de viento del pueblo, quien había arrancado con una chilena mixteca. El resto de sus compañeros, de la banda, lo siguieron como lo hacían en cada evento. Uno de los muchachos la tomó de la mano y la llevó al patio. Empezaron a bailar. Ella sabía que no debía hacerlo, las monjas no bailaban. Pero no le importó y siguió bailando. Su madre la observaba al igual que el resto de la gente del pueblo. Mientras la tutora no se entere, no pasará nada, pensó. Después de bailar toda la noche y comer pastel, regresaron a la casa. A la madre de Ita le hubiera gustado decirle algo por aquel comportamiento, como en las ocasiones anteriores. Pero, esta vez, no le dijo nada. Entendía que en pocos días regresaría al convento y ya no la vería por un largo tiempo.

Anita Corro

La inocencia en la mentira

Lo dulce y lo amargo

Anita Corro

La inocencia en la mentira

Aquel domingo las monjas, como de costumbre, fueron a dar clases a las catequistas en la parroquia. Todas, incluyendo el resto de las aspirantes, salieron temprano hacia el templo. La tutora le había dado instrucciones a Ita para la cena, esta vez le tocaba cocinar frijoles. Eran pocas las ocasiones que se quedaba sola en el convento. Estaba tan emocionada que lo único que se le ocurría era en comer y dormir, nada más.

Cuando llegó a la cocina lo primero que hizo fue llenar la olla de los frijoles con agua caliente, tal y como se lo habían ordenado. Pensó que sería bueno aprovechar para comer algo, justo ahora que no le tenía que pedir permiso a nadie. Abrió el refrigerador y encontró dos rebanadas de pastel. Creyó que era conveniente, y menos arriesgado, comer solo una porción. Las sacó y las puso sobre la mesa. Se sirvió una sola porción en un plato. Guardó el restante y se aseguró de que no se notara tanto. Tomó el plato con el pastel y caminó por el pasillo hacia el patio para disfrutarlo acompañada de los gansos. Se sentó sobre la roca que se encontraba dentro del corral. Esa rebanada de pastel sabía a libertad. Tan rico estaba, que se lo terminó rápido.

Regresó a la cocina, lavó el plato, el tenedor y los guardó en su lugar. Revisó por última vez los frijoles: la olla tenía suficiente agua. Decidió volver a la habitación. Se sentó en su cama y tomó el viejo reloj, lo programó para que la despertara en una hora. Las monjas regresarían en tres horas, tenía suficiente tiempo para descansar. Tranquila y confiada en el buen funciona-

Anita Corro

miento del aquel antiguo aparato, se dejó caer sobre la cama. En cuestión de segundos empezó a soñar que volaba por las nubes, unos ángeles comenzaban a cantarle al oído con tanto amor que se olvidaba del tiempo. Aquel dulce del pastel, la había hecho perder la noción de la realidad.

Los frijoles borbolleaban y borbolleaban en la cocina, mientras Ita aún dormía. En el sueño, había un ser divino quien la perseguía desesperadamente para comunicarle algo con urgencia, pero ella sentía el cuerpo tan pesado que se negaba a escucharlo. El espíritu celeste insistió hasta que ella, impaciente, abrió los ojos, lo vio por un segundo y desapareció. Lo que le terminó llamando la atención, al final, fue el despertador. Lo arrebató de la mesa de noche y descubrió que se había equivocado: lo había marcado para la mañana en lugar de la tarde. Con el reloj entre las manos, empezó a sentir el olor a frijoles quemados. Lo arrojó al piso y salió corriendo hacia la cocina. No alcanzó a calzarse. A gran velocidad cruzó el corredor sin ningún problema. Sin embargo, antes de entrar a la cocina tropezó con una parte de cemento rústico, perdió el control y cayó. A pesar del gran golpe, seguía pensando que lo peor era aquel olor a frijoles quemados. Con la ayuda de su ángel de la guarda, que nunca la abandonaba, logró ponerse de pie. Llegó hasta la estufa y con dificulta la apagó.

Respiró profundo y observó estática su mano izquierda, ahora, toda roja por la sangre que brotaba. Con la derecha tomó el trapo de limpiar y se la quitó. Fue entonces cuando descubrió que la yema del dedo mediano colgaba, detenida por un pequeño pedazo de piel. Enseguida corrió, con mucha dificultad, hacia el

La inocencia en la mentira

baño. Frente al lavamanos, abrió la llave del agua aprisa y dejó que el chorro cayera sobre el dedo. Sus ojos se humedecían por el ardor, mientras veía con tristeza como la yema desaparecía en el chorro de agua. Levantó la mano en el aire y percibió por unos segundos el dedo sin la huella digital. Como pudo, sacó del botiquín una cinta adhesiva y lo cubrió. Luego, limpió sus lágrimas con el chaleco gris. Después de todo, estar sola no le resultaba tan agradable como lo había imaginado.

Después de unos segundos, descubrió lo rápido que la mano derecha se le estaba inflamando y tomaba un color morado. Intentó mover los dedos, pero no respondieron. Sabía lo que le esperaba: unas semanas sin poder cocinar. Ese mes le tocaba a ella. Tendría que ingeniárselas para curarse, porque las visitas al médico no eran frecuentes para las aspirantes. Con un ligero masaje esperó mejorar, pero no sucedió. Recordó aquella tarde en el pueblo cuando la monja se había doblado el pie. El doctor le había dado una pomada para la inflamación. Esa pomada había quedado sin usar porque la hermana prefirió el yeso. Esa pomada era su salvación.

Si bien a las aspirantes les tenían prohibido entrar a las habitaciones de sus superioras, ese domingo fue la excepción. El ungüento debía estar en la habitación de la monja. Con dificultad, se dirigió allí. Empezó a rezar un padre nuestro, mientras buscaba el bálsamo. Abrió uno por uno los cajones con la ropa íntima de la hermana. Le temblaban las manos, sabía que no debía tocar las cosas personales de ellas. Al tercer padre nuestro la encontró: estaba escondida entre las prendas. También se en-

Anita Corro

contraban unas vendas. Las abrazó con una mano, las sujetó a su pecho, salió del cuarto y se fue directo a su habitación.

Sin parar de rezar ungió con delicadeza la crema sobre la mano, cubriendo la muñeca también. Después la vendó. Salió de allí y buscó un lugar en la casa para esperar a sus hermanas. Se sentó en el sillón más grande de la sala de visitas, cruzó las piernas y sobre la rodilla dejó descansar la mano vendada. Las hermanas llegaron. Inmediatamente se le acercaron formando un círculo alrededor de ella y en coro le preguntaron:

—¿Qué te ha pasado?

Ita decidió decir la verdad: empezó por el pastel, luego por la siesta, los frijoles quemados, el problema con el despertador y, por último, la pomada escondida. Guardó silencio para esperar su castigo. No obstante, una de sus hermanas le preguntó:

—¿A poco estás aprendiendo a caminar? La próxima vez, espera a que yo regrese para darte lo que necesites de mi cuarto —le dijo molesta.

Ita prefirió no contestar. Entre las hermanas mayores había una en particular, Sor Esperanza, quien de vez en cuando consentía a las aspirantes. La tomó del brazo con discreción y la llevó hacia a la cocina. Abrió el refrigerador, sacó el resto del pastel y se sentó junto con ella en la mesa.

—Ya que los frijoles se quemaron, aprovechemos y terminemos el resto de este dulce postre entre las dos —le dijo.

Una vez terminado —que resultó como un excelente sustituto de la cena—, Ita fue a la habitación a descansar porque al día siguiente le tocaba cocinar. De acuerdo con

La inocencia en la mentira

el programa del convento, deberían turnarse para dicha tarea. Lo que resultaba extraño era que a pesar de que el mes anterior también le habían ordenado cocinar, ahora volvían a pedirle que por favor continuara haciéndolo ya que les gustaba su sazón al estilo rural.

A la mañana siguiente inició sus labores con muchas dificultades, la mano aún le dolía horrores. Al verla en ese estado, Rosita se dirigió a la sala privada para pedirle permiso a la tutora de ayudar a su amiga. Le contestó que lo hiciera, pero sin descuidar sus obligaciones. Rosita aceptó. Con la ayuda de su compañera, Ita cocinó el resto del tiempo. También tenía que lavar su ropa al igual que el resto de las hermanas. Procuraba no mojar la mano golpeada, aunque le fuera muy difícil hacerlo. Sacó su ropa del canasto y la puso a remojar en una bandeja de plástico con agua y jabón y la dejó sobre el lavadero. Después de treinta minutos, y con dificultad, sacó prenda por prenda para tallarla en el lavadero. La mano derecha la tenía vendada y no podía mojarla. Se le ocurrió, entonces, amarrarse una bolsa de plástico. Empezó a tallar con cuidado sosteniendo las prendas con el codo derecho y su mano sana. Le tomó mucho más tiempo de lo habitual.

Una de las monjas, la que decidía quien usaba la lavadora, salió de su habitación con un canasto lleno de ropa y se dirigió al lugar donde se encontraba Ita. Cuando llegó, quitó la sábana con la que estaba cubierta la máquina, abrió la tapa y metió la ropa que traía en el canasto. Luego, agregó agua y jabón. Programó la máquina para un lavado delicado que le tomaría no más de una hora y media. La lavadora empezó a trabajar,

Anita Corro

mientras la monja regresaba a su habitación. Ita continuaba lavando con el codo. Aquella máquina se encontraba justo enfrente de ella, no podía evitar ver lavar la ropa de su hermana mayor. Pasó el tiempo y la lavadora terminó con su programa. La máquina sonaba y sonaba, pero la hermana no salía. Ita se limitó a observarla, esperaba que aquella monja regresara a sacar su ropa, pero no fue así. Allí se quedó, entre la espuma amarga y oscura de la lavadora, a la espera de ser enjuagada. Parecía que la hermana no escuchaba el sonido de la máquina. Parecía que lo único que deseaba era no ver a su hermana menor lavando con tanta dificultad. Ita terminó de lavar y regresó a sus actividades. Estaba por anochecer cuando la monja salió de su habitación y fue a terminar de lavar.

Al día siguiente, Ita asistió a la escuela como todos los días. Al verla con la mano vendada, algunos de sus compañeros se le acercaron para preguntarle qué le había sucedido: notaron que su mano derecha, la mano con la que escribía, se encontraba lastimada. De forma inmediata, se ofrecieron ayudarla para tomar notas durante las clases. Otros, que vivían sobre la misma calle, se ofrecieron también para ayudarla con sus cosas de regreso a la casa. Aceptó la colaboración de cada uno de ellos y les dio las gracias. Se sentía muy contenta al ver como sus compañeros se ofrecían para ayudarla.

Iban pasando las semanas y todas las noches Ita continuaba untando aquella pomada milagrosa —así la llamaba ella—. Lo hizo con mucho cuidado durante treinta días. A pesar de que nunca había ido con el médico, la mano mejoraba lentamente. ¿Será el ungüento o

La inocencia en la mentira

una magia divina lo que está haciendo que mi mano se recupere?, pensó.

Anita Corro

La inocencia en la mentira

¡Y cuídate mucho!

Anita Corro

La inocencia en la mentira

La comida ya estaba servida y las hermanas tomaban, de a una, su lugar en el comedor. En esa oportunidad, le habían ordenado a Ita que sirviera un plato extra y se lo llevara al joven Matías, quien acababa de llegar al país. No tenía idea de que se trataba del sobrino de la madre superiora. Empezó a caminar por aquel pasillo que la conducía al cuarto, que quedaba en la parte de atrás de las habitaciones principales, lo más retirado, preguntándose quién sería el nuevo invitado: ¿qué hace un joven viviendo en un convento? Llegó al cuarto y tocó la puerta. Enseguida salió a atenderla. A pesar de que era tan joven como ella, no supo por qué, pero le inspiró confianza de inmediato. Matías le contó que al siguiente día empezaría a trabajar como conserje en la escuela. A cambio de su trabajo, las monjas le darían comida y le permitirían vivir en ese pequeño cuartito. Compartió con él, brevemente, algunas cosas de la escuela y le dijo que ella también trabajaba allí. La charla no duró mucho. Se despidió rápidamente porque las aspirantes la esperaban para cenar.

A la mañana siguiente, Ita fue a dar las clases de moral a los niños de primer grado. Siempre que terminaba, debía revisar todos los salones y marcar en una lista de control la asistencia del maestro y si se encontraba o no en sus clases, en horas de trabajo. En aquella ocasión, encontró a los niños de kínder solos en su salón. De inmediato, fue a buscar a la maestra. Estaba cerca de la cafetería platicando con el maestro de música. No se había percatado de la falta de aquel maestro también. Ambos, al verla con la lista en la

Anita Corro

mano, regresaron inmediatamente a su salón. De todos modos, marcó dos ausencias.

Durante esa semana no volvió a encontrar a los maestros platicando nuevamente. Supuso que la superiora había hablado con ellos al respecto. Se encontraba limpiando la mesa donde había vendido taquitos de mole durante el recreo, cuando notó la presencia de la maestra de kínder.

—¿Qué tal, monjita? Por tu culpa voy a perder el trabajo —le dijo la maestra muy molesta.

—¿Y yo por qué tengo la culpa?

—¡Porque tu fuiste con el chisme a la superiora!

—Pero ese es mi trabajo.

—Bien, ¡ahora atente a las consecuencias! ¿Sabías que mi esposo trabaja para el gobierno y puede hacer contigo lo que yo le diga?

Ita continuaba limpiando la mesa sin contestar, mientras la maestra hablaba.

—Así es, yo solo trabajo por gusto, no tengo necesidad. Mi esposo gana muy bien. ¿Me estás escuchando? De ahora en adelante ándate con mucho cuidado porque él se encargará de ti, tiene influencias en el gobierno. ¡Hasta pronto, monjita! ¡Y cuídate mucho! No vaya a ser que te pueda pasar cualquier cosa cuando andes sola en la calle.

Terminó de limpiar y se retiró del lugar ignorando a la mujer. No se animó, ni siquiera, a mirarla a los ojos.

Por la tarde, Ita se dirigió camino a la parroquia. Sin embargo, en aquella ocasión, sintió algo diferente. Al caminar por las calles recordaba las palabras de la maestra. Giraba a su alrededor con desconfianza. Miraba hacia todos lados, sentía como si alguien la estuviera

La inocencia en la mentira

observando. En aquella época, era muy común el secuestro de jovencitas. Los medios no hablaban de ese tema todavía. El gobierno también hacía oídos sordos. Percibía ese mismo temor cada vez que regresaba al convento de la escuela y cada vez que tenía que salir a la calle.

Una vez más, se cruzó en su trabajo con aquella maestra. Siempre que lo hacía, aprovechaba la oportunidad para repetirle lo mismo.

—Ya te dije que mi esposo trabaja en el gobierno y se encargará de ti. ¡Cuídate por donde caminas!

Ita, al igual que las otras ocasiones, ignoró las palabras de aquella maestra.

Ese mismo día, después del recreo, debía ir a comprar dulces al almacén que quedaba a dos cuadras del convento. En cuanto salió a la calle, empezó a caminar a gran velocidad sin dejar de girar su cabeza a su alrededor para observar a todas partes. Al llegar al semáforo, se percató de que alguien la estaba siguiendo: alcanzó a ver a un hombre que se le hizo conocido. Se detuvo para observarlo mejor. Se trataba de Sebastián, el hijo de la directora de la primaria: recordaba, como en una ocasión, la abrazó y la tomó por sorpresa, pero se defendió y salió corriendo como lo hacía cada vez que se sentía en peligro. Cuando se lo mencionó a la tutora, la ignoró por completo. Desde ese entonces, empezó a tenerle miedo. Pero ya no más. Cuando volvió a girar para observarlo nuevamente, recién allí, alcanzó a ver que Matías también venía caminado tras ella. Decidió esperarlo.

—¿Qué haces aquí siguiéndome? —le preguntó Ita.

Anita Corro

—Me di cuenta de que Sebastián salió tras de ti. Las monjas no deberían dejarte salir sola después de saber lo que esa bruja te dijo. Este tipo me parece que es amigo de ella, por eso decidí acompañarte.
—¿Cómo lo sabes?
—Los he visto platicar durante el recreo.

Ambos continuaron caminando juntos. Sebastián había entrado en una tienda que quedaba en la esquina opuesta y allí esperó a que ellos regresaran. Después de veinte minutos, ambos salieron con los dulces y Sebastián se les acercó para conversar. A pesar de que lo ignoraban, él seguía insistiendo.

—La próxima vez que vengas, avísame y yo te puedo acompañar —le dijo a Ita.

—Gracias, pero puedo venir sola.

—Después de las amenazas de la maestra, no es conveniente que lo hagas.

Ita continuó ignorándolo. Estaba sorprendida y sus nervios comenzaban a ponerla ansiosa, al parecer todos ya estaban enterados. Los tres siguieron caminando en silencio. Las intenciones de Sebastián le parecían sospechosas porque cada vez que se le acercaba sentía desconfianza y miedo. Ahora le preocupaba la amistad que mantenía con aquella maestra. Una vez que llegaron al convento, Ita fue a colocar los dulces en la cafetería, Sebastián se dirigió a la oficina de su madre para saludarla y Matías regresó a sus labores de conserje.

Al día siguiente asistió, como siempre lo hacía, a la secundaria, sin embargo, esa tarde notó la ausencia de su compañero de banca. Era el tercer día que faltaba. Los maestros le marcaban la ausencia, pero a ninguno parecía interesarle por qué hacía tiempo que no asistía.

La inocencia en la mentira

Ya después de una semana de ausencia, su compañero regresó a clases.
—¡Estás muy pálido y flaquito! ¿Qué te pasó? —le preguntó Ita.
—El último viernes que vine a clases, a la hora de la salida, mi hermana me estaba esperando como todas las noches. Antes de acercarme a ella, un taxi se detuvo y alcancé a escuchar que le estaban preguntando por una dirección. Mientras mi hermana les estaba explicando cómo llegar, yo me acerqué un poco más y ahí fue cuando la mujer abrió la puerta del taxi y la jaló hacia adentro. Corrí desesperado y alcancé a meterme al auto junto a mi hermana. Me acuerdo de que, durante el viaje decían que a mí no me buscaban, solo la querían a ella. Después ya no supe nada más, hasta que me desperté dentro de un camión de redilas azul. Apenas si recordaba el taxi, me escapé de ese carro. Empecé a caminar por la calle, pero no reconocía dónde estaba. Pregunté y me dijeron el nombre de la ciudad y estado. ¡Estaba en Veracruz! ¡Bien lejos de aquí! Lo único que se me ocurrió fue pedir limosna en el mercado para poder comprar el pasaje y regresar. Gracias a Dios pude hacerlo. Mis papás estaban muy preocupados por mi. Ni siquiera me di cuenta de que había pasado una semana. A mi hermana la habían abandonado a la salida de la ciudad unas horas después que nos detuvieron.
—¿Y tu hermana cómo está?
—Muy mal, incluso han abusado de ella.
—Siento mucho lo que les sucedió. Aquí la gente sigue hablando de lo mismo: las jovencitas están desapareciendo.

Anita Corro

—Sí, tú también cuídate mucho.
Ita le dio un abrazo. Así, continuaron las clases. Los rumores de la desaparición de jovencitas continuaban en la ciudad. Algunas de las madres de aquellas jóvenes, iban al convento en busca de ayuda. Las monjas rezaban por ellas para que aparecieran pronto. También el sacerdote en las misas pedía por el regreso de aquellas chicas.

Le costaba trabajo concentrarse, pensaba en las palabras de la maestra y la desaparición de las chicas en la ciudad. Rezaba en silencio para que el miedo no se apoderara de ella. A la hora de la salida, caminaron con Rosita y sus otros compañeros por la acera más iluminada. Aquella noche al llegar al convento, en la cocina, las monjas conversaban sobre el mismo tema.

Tres meses concurrieron desde el incidente con la maestra. La madre superiora había tomado la decisión de correrla por irresponsable. Ita se enteró de la noticia e inmediatamente pensó que se había liberado de aquellas amenazas, sin embargo, el temor a salir sola continuaba en su pecho. Cuando tenía que ir por los dulces o gelatinas, Matías siempre la acompañaba. Procuraba no salir y si lo hacía siempre salía acompañada de Rosita o Matías. Las jovencitas, aun por ese entonces, continuaban desapareciendo.

La inocencia en la mentira

Rosas blancas sobre un ataúd

Anita Corro

La inocencia en la mentira

Ya había pasado un tiempo desde el secuestro de su compañero de secundaria. Ita, durante los recreos, solía pasar la mayor parte del tiempo en el salón de clases adelantando la tarea que casi nunca podía terminar. Algunos compañeros se le acercaban a conversar y la invitaban a salir al patio. Solo lo hacía en ciertas ocasiones, generalmente cuando tenía menos tarea. Cada día se hablaba más sobre la desaparición de jovencitas en la ciudad. Una tarde, sus compañeros, la llamaron a salir como en otras ocasiones, tenían algo que decirle. Se trataba de Ángela, aquella compañera de Ita que vivía cerca del convento, ya tenía varios días que no asistía a la escuela. Su familia la buscaba desesperada junto a otros padres quienes, al igual que ellos, pasaban por la misma situación. En la escuela no hacían otra cosa más que hablar de su ausencia.

Las autoridades no le daban el grado de importancia que merecía tan alarmante suceso. Los ciudadanos afectados fueron los únicos que se esforzaban en buscar en toda la ciudad. Aquellos padres desesperados escudriñaban hasta en los depósitos de basura. Finalmente, luego de meses de búsqueda, encontraron una fosa en un terreno abandonado con muchos cadáveres. Cuando los padres fueron a identificar los cuerpos, estaban irreconocibles. Les tomó tiempo poder reconocer quién era quién debido al grado de descomposición. Ángela no estaba entre aquellos cadáveres. Por las calles siempre solía pasar un hombre en bicicleta vendiendo el periódico local de cada día. En aquella ocasión, la única

Anita Corro

nota que anunciaban los repartidores de diarios era el desgarrador hallazgo de la fosa.

Los comentarios sobre la incansable búsqueda de Ángela no dejaban de hacerse escuchar en la escuela. La noticia era tan alarmante para todas las escolares, que los maestros no tuvieron más opción que comenzar a distribuir panfletos con las imágenes de las niñas que continuaban desaparecidas. Entre ellas se encontraba su compañera. Como a las alumnas les atemorizaba trasladarse solas a la escuela, las maestras les recomendaban caminar siempre acompañadas de regreso a sus casas, en grupos de a tres o cuatro.

Por su parte, las autoridades municipales permanecían calladas sobre el tema. Todavía no había llegado este tipo de sucesos al noticiero nacional. El periódico local era el único medio que lo mencionaba. El jefe de la policía era visto con su esposa en los eventos públicos y ninguno hacía comentarios al respecto. Fue el párroco, a petición de los padres, quien comenzó a mencionarlo en cada una de sus misas dominicales: pedía a Dios por el regreso de aquellas jovencitas. También exigían justicia para las que sí habían aparecido y habían sido abusadas. Las monjas en cada uno de sus rezos agregaban oraciones para pedir por la misma causa. A Ita le preocupaba la ausencia de su compañera y también se sumaba a los rezos por ella. Recordaba como en algunas conversaciones con Ángela, le había contado que el chofer de las monjas la acosaba cada vez que caminaba por la calle frente al convento. También que, cuando se había ido a confesar por sus quince, en aquella oportunidad el cura le había manoseados sus senos. Ita nunca tuvo el valor de mencionarlo en el convento,

La inocencia en la mentira

estaba segura de que la ignorarían. O la tratarían de mentirosa. La búsqueda seguía. Además de los padres, otras personas se unieron a la causa. Las niñas que regresaban con vida, con mucho temor, contaban que era una mujer la que las raptaba con engaños. Con esas pistas, los ciudadanos cansados ya por la situación lograron descubrir que se trataba de la esposa del jefe de la policía. Unieron más y más gente y allanaron su casa. Encontraron vídeos, fotografías y una libreta con algunas direcciones de la ciudad. Al acudir a aquellos lugares, descubrieron nuevos cadáveres. Mientras buscaban desesperadamente algún rastro de sus niñas, el jefe de la policía huyó de la ciudad junto a su esposa. No pudieron detenerlos: la falta de recursos, junto con la inacción del Departamento de Policía, hicieron posible su escapatoria. Fueron días intensos en aquel lugar donde tiempo atrás había reinado la tranquilidad entre los habitantes. Aunque la desaparición de jovencitas había cesado, todavía restaba una larga lista de niñas por encontrar.

Cuando se cumplió justo tres meses de su desaparición, los padres de Ángela acudieron a la parroquia en busca del sacerdote.

—Padre, ya encontramos a nuestra hija. ¡Está muerta! ¡Está muerta! ¿Por qué? ¿Por qué sucedió esto? ¡Era nuestra única niña! ¡Pensar que ya teníamos casi todo listo para la fiesta de sus quince años! —repetía desconsoladamente la madre.

Anita Corro

—Lamento mucho la muerte de su hija, de verdad Dios sabe que he rezado tanto por esas niñas y lo que lo lamento.
—¡Ay, Padre! Es muy triste lo que nos ha pasado con nuestra niñita. ¿Por qué Dios permite que pasen estas cosas? Usted sabe que no somos muy religiosos, pero sí creemos en Dios. Queremos darle una cristiana sepultura. ¿Podría por favor hacer una misa de cuerpo presente para despedirla? —le pidió la madre con lágrimas en su rostro.
—Tengo entendido que llevaba varios días desaparecida. ¿Cómo han encontrado su cuerpo?
—Está ya descompuesto, los doctores se niegan a realizarle la autopsia.
—Bien, hija mía. Puedo hacer la misa. Pero les digo, con todo el dolor de mi corazón, que el ataúd tendrá que permanecer fuera del templo.
—Lo entendemos, padre. Muchas gracias.

Esa misma tarde se celebró la santa misa. Los arreglos florales que deberían haber sido para su fiesta de quince años, ahora adornaban la entrada del templo. Durante la misa, el ataúd de Ángela permaneció en la entrada principal de la iglesia. El cuerpo se encontraba tan descompuesto que debían de sepultarla de inmediato. Algunos de sus compañeros acudieron a despedirla, al igual que Ita. Incluso acompañaron a la familia hasta el cementerio. Los mariachis —que también habían sido contratados para su fiesta— repetían una y otra vez, Las golondrinas. "¿A dónde irá, veloz y fatigada, la golondrina que de aquí se va?" Así, fue su último adiós. Todos dejaban sus rosas en respeto, algunas rojas, otras amarillas. Ellos fueron los únicos

La inocencia en la mentira

que depositaron rosas blancas sobre el ataúd de su amiga.

Ángela, fue la compañera que Ita nunca pudo olvidar, de aquella su segunda escuela secundaria que tanto le había gustado y a la que consideraba como una de las mejores de la ciudad.

Anita Corro

La inocencia en la mentira

La monja

Anita Corro

La inocencia en la mentira

El objetivo de Ita estaba dando resultado: ahora la habían cambiado nuevamente de escuela. En esta ocasión, fueron las monjas las que tomaron la decisión. Se trataba de una secundaria federal similar a la anterior. Agrupaban a los estudiantes de acuerdo con sus calificaciones, colocando a los más aplicados en el grupo A y a los menos aplicados en el grupo B y C. A Ita le parecía que su nueva escuela era demasiado pequeña para tantos niños. Además de que no contaba con un campo de fútbol, carecía de vegetación. Tres edificios de dos niveles y una cafetería formaban las aulas de aquel lugar. El bullicio del tráfico de la ciudad acompañaba el escándalo de los adolescentes al inicio de cada clase. Con el uniforme impecable: falda gris a cuadros guinda, blusa blanca de cuello, calcetas blancas y un suéter haciendo conjunto con el logotipo María Montessori, Ita observaba todo con curiosidad, mientras caminaba con tristeza por el patio. El director, muy apurado, se acercó, y sin perder tiempo, le preguntó por el grado al que pertenecía. Resolvió por enviarla al grupo C.

Cuando ingresó al salón, sus nuevos compañeros —que en su mayoría eran varones—, la recibieron con escandalosos aplausos. Como ya llevaban dos semanas de clases, el maestro de español de turno —un joven delgado, de piel oscura—, le ordenó ocupar el último asiento de la fila pegada a la pared, justo en un rincón. Aquel sería su lugar por el resto del año, del cual, en muy pocas veces, se llegó a mover. Así fue como se convirtió en el ratoncito del salón.

Anita Corro

Con la energía y alegría que lo caracterizaba, el maestro continuó con la clase, que en aquella ocasión había sido hacer planas de caligrafía. Se esforzaba por ser el mejor, lo demostraba en cada una de sus lecciones. No le agradaba que sus pupilos se distrajeran, de ahí su interés en que aprendieran a escribir una letra perfecta sin salirse de las líneas. Mientras los estudiantes trabajaban, repitió varias veces que siempre que llegaran a realizar algo en la vida, se esforzaran por ser los mejores. Siempre los mejores. Al terminar la clase, dictó la tarea, se despidió y abandonó el aula con una sonrisa. De inmediato, la mayoría de los estudiantes rodearon a la nueva alumna. Les llamaba la atención su falda larga por debajo de la rodilla, y las calcetas blancas que no dejaban ver ni un centímetro de piel. Aquella vestimenta la hacía parecer una niña de Dios. Decidieron empezar a llamarla "la monja".

Al siguiente día, a la primera hora, le tocó la materia extracurricular. Recordó que en la anterior secundaria tomaba clases de mecanografía, sin embargo, en esta nueva escuela, le habían dejado saber que esa clase era exclusivamente para los estudiantes del turno matutino. Las niñas del vespertino debían de aprender corte y confección y los niños electricidad. No podían elegir. Si bien no estaba de acuerdo, tuvo que aceptarla.

Ya en clase, varias de sus compañeras se le acercaron para orientarla en el manejo de las tijeras. Una de ellas fue Martha: le apasionaba el vólibol, al igual que tomar fotografías de sus compañeros. En ese mismo grupo también se encontraba Cecilia, la compañera que siempre tenía un consejo para cada uno que se le acercara a confiarle algún secreto. En la otra esquina de la mesa,

La inocencia en la mentira

Elsa cortaba tela. Llevaba siempre la falda perfecta, sin embargo, después de cada revisión, tenía el hábito de doblársela en la cintura: aquella costumbre fue lo que más le hubiera gustado hacer a Ita. Al otro lado, se encontraba Laura, que con la discreta sonrisa que la caracterizaba, se acercó de inmediato a saludar. Era siempre dedicada en sus tareas. A Rocío le agradaba traer el cabello corto y de color castaño. Nunca mostraba ninguna debilidad. Es más, le rompió el corazón a más de un chico en el salón. Con la sonrisa menos escandalosa, se encontraba Elizabeth. Sus mejillas rojas resaltaban cada vez que expresaba una sonrisa nerviosa. Hablaba lo necesario en el grupo. Giovanna era la señorita a quien siempre le gustaba cotorrear con todos y de vez en cuando se iba de pinta con algunos de sus compañeros. A partir de aquella clase, se convirtieron en sus nuevas compañeras. La maestra, pacientemente, daba las instrucciones como en cada sesión. A pesar de estar a tan solo unos cuantos meses de su jubilación, trabajaba con entusiasmo.

Al mismo tiempo, en la clase de electricidad, los varones prestaban atención a las instrucciones del maestro. Les hacía saber que aquel conocimiento les facilitaría su vida de adultos. Con la lista en la mano, empezó a llamar a cada uno de los estudiantes. Al primero que nombró fue al pícaro de Pablo. Todos lo llamaban por su apellido, Malpica. Con sus ingeniosidades y su carita de niño, se había convertido en el alma alegre del salón. Roberto, era el chico callado, reservado y serio. A él no le importaba otra cosa más que el básquetbol y las maquinitas. Le decían el Rambo

Anita Corro

debido a su larga cabellera. Su corazón noble lo convertía en el amigo de todos. A Benito todos lo llamaban por su apellido, Lucas. No se dejaba de nadie, no tenía miedo y lucía certero en sus expresiones. Su adrenalina la dejaba escapar cada vez que se enfrentaba con chavos de otros grados. Si eran mayores que él, mejor. Pelear era su mayor deporte, lo practicaba casi todos los días. Se distinguía por ser el protector de sus amigos, les enseñaba a no dejarse de nadie. Jesús, un chico desesperado por hacer lo que le gustaba, dispuesto siempre a cotorrear. Tenía mucha curiosidad por conocer el funcionamiento de los sistemas eléctricos. Se mostraba como el más ansioso por llegar temprano a su casa, contaba los segundos en cada clase para salir corriendo del salón. Entre ellos también se encontraba Iván, el Charro. No le importaba otra cosa más que el fútbol. Su clase favorita era educación física. Le gustaba escuchar a sus amigos, ya que la paciencia era su mayor virtud. Menos escandaloso era Gabriel, su sonrisa alegre hacía que resaltaran sus mejillas rojas. Dedicaba suficiente tiempo a su cabello oscuro, un poco ondulado. Amante del básquetbol. Normalmente, procuraba llegar a tiempo en todas las clases, con el uniforme impecable y el suéter atado a la cintura. Se sentía el invisible, porque según él, no encajaba entre los más populares del salón. Admirador de Rambo, en el básquetbol. Con la expresión más alegre, participaba Jorge: El Sonrisas. Era un chico que siempre cuestionaba: ¿quién había inventado los días de la semana, si la naturaleza ya nos habría regalado las estaciones del año? ¿Por qué debía de ser sacrificado un animalito para alimentar a los humanos? Ninguna llamada de atención logró apagar su sonrisa. A

La inocencia en la mentira

Guillermo lo llamaban Memo, el genio de las matemáticas. Amante de todos los deportes, amigable y siempre dispuesto a ayudar a sus compañeros. Antonio, por otro lado, era el protector de sus compañeros. Amante del básquetbol, participaba con entusiasmo en cada evento competitivo para representar al grupo. Se las ingeniaba para ser independiente. Alfonso, aquel niño tímido y callado tan solo expresivo con sus amigos cercanos, escuchaba en silencio cada clase sin molestar a nadie. Gustavo, era serio. Lo llamaban el Zas, Zas. Era un chico callado.

Ese miércoles que les tocaba la clase de educación física, el maestro se demoró más tiempo de lo usual. Los cinco minutos que tenían los chicos del tercero C entre clase y clase en ocasiones los dedicaban a cotorrear. De inmediato, empezaron a mover todas las butacas alrededor del salón y las colocaron pegadas a la pared. Ita no tuvo problema con su butaca, se encontraba en el lugar perfecto. Acomodados en los asientos, empezaron a gritar y nombrar a cada compañero para que se desprendiera de una de sus prendas —ese día traían el uniforme de educación física— y la arrojara al centro del salón. Lo fueron haciendo acompañados de chiflidos, gritos y aplausos. Ita se dedicó a observarlos en silencio. Tenía la esperanza de que la perdonaran por ser una monja. Pero le llegó su turno y al unísono le gritaron:

—¡La monja! ¡La monja! ¡La monja! ¡La monja!

Roja de vergüenza, sin saber qué hacer, miró fijamente al piso. Le tenían prohibido quitarse el suéter, sin embargo, siempre lo hacía. Se lo quitó. Con timidez lo arrojó en el centro del aula. Unos minutos más tarde,

Anita Corro

se escucharon los pasos del maestro. Más rápidos que un rayo, los chicos regresaron todas las butacas a su lugar. Cada uno con un suéter en la mano, que obviamente no era el suyo, pero lo tomarían como propio por el resto de la clase.

El maestro dio las instrucciones para salir a la cancha con el uniforme adecuado. Ita se negaba porque en más de una ocasión había descubierto al profesor observarle las piernas y eso la hacía sentir incómoda. Y no sólo era cosa de ella, a Martha también le sucedía lo mismo. Sin embargo, el maestro alzó la voz y volvió a insistir en la importancia que tenía su clase para obtener el certificado de secundaria. Muy apenada, se unió a sus compañeras y juntas salieron al patio. Casi todos hicieron los ejercicios, excepto Ita. Cuando terminó la clase, el maestro dio las instrucciones para regresar al aula, pero antes la puso a correr. Le ordenó que diera diez vueltas a la cancha de básquetbol.

Ese estricto maestro de educación física, fue el mismo que, para festejar el día del estudiante, organizó un torneo de vólibol. La final estuvo muy intensa, los del C iban perdiendo contra los del A. En los últimos minutos, la pelota rodó al otro patio. Mientras sus compañeras los animaban con creativas porras, uno de los asistentes, de inmediato, les acercó otro balón. Fue la actuación de Lucas la que hizo que su grupo se recuperara y lograran ocupar el primer puesto. Estaban tan emocionados por aquel logro que, al regresar al salón, se pusieron a jugar con las tres pelotas que habían recibido como premio. El festejo les duró el tiempo que le tomó al maestro llegar al aula. Al entrar, de inmediato se las arrebató. Alzando

La inocencia en la mentira

la voz, les volvió a recordar que no le gustaban los escándalos.

Anita Corro

La inocencia en la mentira

Con la cara empapada

Anita Corro

La inocencia en la mentira

Habían pasado semanas de la llegada de Ita al tercero C, cuando el director —a quien todos llamaban el Camarón— la mandó a llamar a su oficina.

—No me di cuenta de lo bien de tus calificaciones, además traes una excelente carta de buena conducta. Eso quiere decir, que, en realidad, te correspondería estar en el grupo A. Fue mi culpa. Ahora te pido que vayas por tus cosas, haremos inmediatamente el cambio. Yo mismo en persona te acompañaré a tu nuevo salón.

A Ita le había tomado tiempo adaptarse a sus nuevos compañeros. A pesar de lo escandalosos que eran, ya se había acostumbrado a ellos y ya los consideraba sus amigos. Guardó silencio por unos segundos, pensaba en lo difícil que sería volver adaptarse nuevamente con otros chicos. Por otra parte, en la escuela se rumoraba que los del A eran engreídos, claro, se creían los mejores. Eso le preocupaba. En seguida respondió con firmeza.

—Me quedaré en el C.

La secretaría, que se encontraba al lado del director, replicó de inmediato en voz alta.

—¡No sabes lo que dices! Si te quedas en el C, no serás nadie en tu vida. Te harás irresponsable. ¿Ves esas fotografías que están allí? —dijo mientras apuntaba a la pared derecha del pasillo—. Nunca estarás en esa pared. Allí están las fotos de los más destacados de la escuela y tú ni figurarás allí —concluyó.

Ita no contestó. Se prometió ser la mejor estudiante y aparecer en los cuadros de esa pared durante el resto del año. El director no podía creer que había preferido a los del C, pero esa decisión ya no le incumbía.

Anita Corro

Después de un tiempo, aquel salón se había convertido en el refugio de Ita. Antes de cada clase, desde su asiento, en su postura favorita con la mano en la quijada y el codo sobre la paleta de la butaca, disfrutaba prestar atención a su alrededor. Observaba a sus compañeros sonreír, gritar, discutir, conversar y ayudarse con sus tareas. Cuando tenían la oportunidad, varios de ellos se le acercaban. Como lo hacía Malpica, que le hacía desaparecer el cuaderno para que escuchara sus ocurrencias.

—¡Es que yo no soy gansito, pero recuérdame! —le decía siempre sonriendo, haciendo alusión a un comercial televisivo.

En cambio, Alfonso le hacía alguna pregunta para confirmar sus tareas, porque confiaba en ella. O como El Sonrisas, al que le gustaba comparar sus proyectos con su amiga la monja. Con el tiempo, el recuerdo de Rafael y sus cartas —que fueron su cielo—, se hacían cada vez más lejano. Lucas prefería observarla cuando ella se quedaba quieta en su silla, en esa postura de pensativa. A ella siempre le pareció un poco mayor que los demás, por eso le llamaba la atención el color de su piel, su sonrisa, pero, sobre todo, envidiaba la alegría con la que disfrutaba de la vida. Pensaba que él sí era feliz. Se ponía nerviosa cada vez que se le acercaba, sobre todo después de aquella tarde.

—Oye, me gustan tus ojitos. ¿Quieres ser mi novia? —le preguntó sin miedo.

—Me caes bien, pero no puedo tener novio. Vivo en un convento y no me dan permiso —le contestó con timidez.

La inocencia en la mentira

—Sólo aquí en la escuela, nadie se va a enterar. ¡Ándale! —le insistió con su mejor sonrisa.

—Ya te dije que me caes muy bien, pero no puedo —respondió nerviosa.

Desde aquel día, se acercaba a conversar con ella cada vez que se lo permitía. Ita por su parte, discretamente, lo observaba de lejos. No quería que él o el resto de la clase descubrieran que también a ella le gustaba.

Era un nuevo lunes de matemáticas. La maestra ya se encontraba en el salón con su característica alegre sonrisa. A pesar de su juventud, mostraba responsabilidad en todo su trabajo. Esa tarde, decidió practicar una nueva dinámica: se trataba de una competencia entre sus alumnos. Invitó a pasar al frente a Ita para representar a las damas y a Memo como el representante de los caballeros. La instructora dividió en dos el pizarrón con una línea y comenzó a dictar una ecuación para resolver. Todos comenzaron a gritar, ingeniosamente, las respuestas en apoyo a sus compañeros. Se armó un espectáculo de júbilo. En aquella ocasión, las mujeres triunfaron. Sin embargo, todos festejaron botando hojas de papel al aire, con muchos gritos. Mientras los dirigentes escolares recomendaban a los maestros tratar con mano dura a los del tercero C, la maestra de matemáticas prefirió ser más creativa: como cuando les dio la noticia de que en unos días se iba a casar y que todos estaban invitados.

El que también usaba muy bien la imaginación era el maestro de español, quien siempre demostraba entusiasmo en todas las actividades que le eran asignadas con el grupo. Era la época de día de muertos, la escuela había organizado una competencia de altares. Acompañados por música de fondo, el maestro junto a los alumnos del grupo C, armaron aquel altar: formaron un arco decorado con flores amarillas de cempasúchil y suficiente papel picado colorido. Lo mismo hicieron con la mesa y los escalones hechos con cajas de cartón. El altar contaba con los requisitos básicos: los niveles, las flores de cempasúchil, las velas en candelabros improvisados y el incienso de copal. Para finalizar, colocaron los retratos de algunos personajes históricos del país. Además, agregaron fruta, el pan de muerto, el mole, unos tacos al pastor, los pambazos, la copita de tequila, un cigarro, el jarrito con agua de tamarindo y hasta para un pastel de tres leches les había alcanzado. Habían terminado. Después de unas horas, los estudiantes se reunieron en el patio de los eventos. Ahí el director anunció a los triunfadores. ¡Los del C habían ganado! Festejaron con mucho ruido el gran trabajo en equipo.

De igual manera sucedió con la maestra de danza cuando organizó el festival para el día de las madres, motivó a la mayoría de los alumnos a participar. Casi todos se animaron a formar parte del baile folclórico, incluyendo Ita. Todos los estudiantes junto a los maestros, decoraron el patio de eventos para recibir a las madrecitas de los niños de aquella secundaria. A los del tercero C les tocó llevar: huaraches, sombrero, trenzas largas hechas de estambre, listones de colores y coloridos trajes típicos. Así se presentaron en el patio. A Ita le tocó bailar con Gabriel. Ella se rehusó a usar el labial rojo, porque no era de su agrado. En cambio,

La inocencia en la mentira

utilizó un color más natural. Ya en la pista, Ita se esforzaba por mantener una sonrisa fingida. Su madre no se encontraba en la audiencia, su lugar lo ocupaba la tutora. Gabriel empezó a bailar con movimientos exagerados y con la esperanza de que el sombrero no permaneciera mucho tiempo sobre su cabello. Le incomodaba portarlo, decía que estropeaba su peinado. El resto de las parejas sonreían, mientras demostraban sus habilidades con aquel baile mexicano. Presentaron una coreografía perfecta, lo hicieron con alegría y en equipo. Ya para esas alturas, a Gabriel se le había caído el sombrero. Ita le hizo señas para que lo levantara, pero la ignoró. De todas formas, la presentación había sido todo un éxito.

Al terminar, cada uno de los estudiantes regresaron a sus aulas. En el salón del C, se encontraban reunidos Malpica, Memo y Martha, para organizar los preparativos de cumpleaños de Ceci. Lo cierto es que todos habían cooperado para sorprenderla. La mayoría ingresó a prisa al salón. Sobre el escritorio se encontraba un pequeño pastel. El maestro de español les había dado permiso para festejarlo durante su clase, él también quería felicitar a su alumna. En cuanto entró, todos gritaron, ¡felicidades! En seguida pusieron música y el profesor empezó a leer: en la fresca y perfumada mañanita de tu santo, recibe mi bien amada la dulzura de mi canto, encontrarás en tu reja un fresco ramo de flores, que mi corazón te deja, chinita de mis amores. Todos, al unísono, se unieron y comenzaron a cantar: "Estas son las mañanitas que cantaba el rey David, a las muchachas bonitas se las cantamos aquí. Si el sereno de la esquina

Anita Corro

me quisiera hacer favor, de apagar su linternita mientras que pasa mi amor". Algunas lágrimas empezaron a correr, lentamente, sobre las mejillas de Ceci. Con la cara todavía empapada, pidió su deseo, apagó la velita y mordió el pastel. Acto seguido, el maestro le entregó un pequeño presente. Todos chiflaron, gritaron y aplaudieron. Con la melodía "En tu día" de fondo, continuaron con el festejo. La emoción no cabía en su pecho. Y con la voz cortada, le dio las gracias a cada uno.

Otro hombre impecable en su imagen, que también se destacaba por ser un caballero y por su ingenio, era el maestro de artes plásticas. Como aquel día en que mientras caminaba de la oficina al salón, le llamó la atención al novio de Martha para que la tratara con respeto.

Era otro viernes más. El maestro llegó al aula y saludó con alegría a sus estudiantes, entre tanto acomodaba sus cosas sobre el escritorio. En seguida preguntó por la tarea. La clase anterior les había pedido que consiguieran algunos materiales costosos: un cuaderno para dibujar, colores, lápices, tinta china y el papel cascarón. Al darse cuenta de que sólo unos cuantos los habían llevado, se le ocurrió agrupar a sus estudiantes en parejas: el que había logrado conseguir los útiles, con el que no. Y así, de paso, los haría practicar la solidaridad. También sacó lápices y colores de su portafolio y les compartió a aquellos que faltaban. De esa manera, los motivaba a expresarse por medio del arte.

Aquella tarde trabajaban en un retrato a colores en papel cascarón, cuando de repente la electricidad empezó a fallar. El profesor, preocupado, apuró a los chicos para que entregaran sus trabajos, sin electricidad no

La inocencia en la mentira

podrían continuar con la clase. Mientras colectaba los trabajos, los chicos empezaron a culpar a Jesús de aquel incidente: en más de una ocasión se le había ocurrido, en complicidad con otros compañeros, quitar los tapones de las cajas de la corriente eléctrica, dejando a todos a oscuras. También recordaron la tarde que, con la intención de salir más temprano, habían rociado con gas pimienta todo el salón durante el recreo. Sin embargo, en esta ocasión se trataba de un fallo eléctrico en toda la colonia. Al terminar de colectar los trabajos, el profesor despidió a sus alumnos. Les recordó que caminaran a sus casas en grupos de dos o tres. Consideraba que la noche a oscuras era aún más peligrosa.

Anita Corro

La inocencia en la mentira

Caminaban juntas a la escuela

Anita Corro

La inocencia en la mentira

Ita, usualmente, llegaba puntual a sus clases. Por eso, se daba cuenta cuando sus compañeros, en ciertas tardes, brincaban la barda para irse de pinta. En Ocasiones se iban a jugar básquetbol a la Alameda. Otros días, solo se iban a las maquinitas de la tienda de la esquina. Hasta un día sucedió que, dos parejitas, decidieron irse al parque de los enamorados. Se encontraban muy contentos disfrutando del aire fresco debajo de aquellos pinos, cuando los policías de la ciudad se les acercaron. Los interrogaron acerca de su institución educativa y después continuaron preguntándoles por sus padres, pero la astucia de los adolescentes fue más veloz: se les ocurrió recolectar objetos de valor entre todos y convencerlos de que no los acusaran. Claro que aceptaron el chantaje.

Cuando se iban de pinta, había tardes que eran descubiertos por los mismos consejeros de la escuela. De todas formas, parecía no importarles porque según ellos pertenecían al C. Como aquella tarde en la que también fueron descubiertos por ir al cine. La mayoría no traían suficientes monedas, por eso entre todos cooperaron para poder pagar la entrada de cada uno. Después se pondrían al corriente con sus clases.

Era un jueves por la tarde. Los del C, que usualmente se iban de pinta, querían terminar sus trabajos pendientes y por eso se quedaron en el salón aprovechando el recreo. Ita hacía lo mismo, sólo que ella adelantaba sus tareas. Mientras se apuraban por terminar antes de que finalizara el receso, comenzaron a escuchar gritos provenientes del A. Eran las voces de dos

Anita Corro

niñas que discutían. Algunos varones del C salieron al pasillo para ver qué estaba sucediendo. Una de ellas era chaparrita, la otra muy alta. De un momento a otro, pasaron de la discusión a los empujones. Sin más, la más bajita azotó contra una de las butacas. Un alumno del C, que ya se encontraba en el pasillo, entró al salón de inmediato, la tomó en sus brazos y la llevó a la dirección. Allí se encontraban Rocío y Martha, quienes intentaron ayudarla. Al ver que no tenían éxito, uno de los orientadores la tomó en sus brazos y la llevó a su auto —era un taxi amarillo—. Mientras tanto, la niña alta observaba todo con lágrimas en sus ojos.

El orientador condujo a alta velocidad rumbo a la clínica más cercana. Al llegar, la tomó en sus brazos nuevamente, empujó la puerta con el letrero que decía emergencia con el pie y entró. El médico de turno, al verlo tan nervioso, le indicó que la acostara de inmediato sobre la camilla. Observó con prontitud la vista de la niña, contó su pulso y escuchó su corazón. Pero era tarde, ya había dejado de palpitar.

El orientador, aún nervioso, se comunicó a la escuela. El director, muy preocupado, colgó el teléfono y notificó de inmediato lo sucedido a los padres de la niña y las autoridades. Sin dilación, salió de su oficina y ordenó que todos los estudiantes se concentraran en el patio principal. La policía estaba por llegar. Y así lo hicieron luego de dos horas. Revisaron todo, tomaron fotografías y se llevaron a la niña alta detenida.

Al siguiente día, les habían notificado que al entierro sólo podrían asistir sus compañeros de clase, pero los del C también querían despedirla. Entonces se les ocurrió que se escaparían como cuando se iban de pinta. Con-

La inocencia en la mentira

movida porque aquella niña era su vecina, Ita también deseaba escaparse. Ella que nunca se había ido de pinta, sugirió al resto de sus compañeros, que le avisaran a la maestra de ciencias naturales. La maestra estuvo de acuerdo, sólo les advirtió que hicieran el siguiente capítulo como tarea. Todos aceptaron, incluyendo Ita. Una vez solucionado todo, subieron al autobús junto con los del A. Después de una misa de cuerpo presente, partieron al cementerio. En el camposanto, Ita recordó las tardes en que caminaban juntas a la escuela. Los padres de la niña, muy conmovidos y empapados por el llanto, la despidieron con "Las Golondrinas". Ita y el resto de sus compañeros se unieron al coro.

El lunes siguiente, la maestra de ciencias naturales, a la que todos llamaban pasito loco, inició la clase con más energía que de costumbre. Les recordó que el hecho de haber asistido al sepelio de su compañera, no sería una justificación para no contar con la tarea. Ordenó que la sacaran. La mayoría la tenía lista, pero hubo unos cuantos que no la habían podido terminar. Ita, al igual que sus compañeros, tuvo dificultades con dos ejercicios de física. Le dijo que la perdonaba por ser la primera vez, pero le dejó en claro que sería la última. Como nunca le gustaba lidiar con sus estudiantes, muy molesta, envió al resto con el consejero. Acataron las órdenes y empezaron a caminar rumbo a la dirección. Los recibió el subdirector a quien llamaban el Chespiro. Los hizo pasar a su oficina.

Mientras tanto en el salón, la profesora al ver que sus estudiantes se demoraban se empezó a preocupar. Llamó a Ita y le pidió que fuera a ver qué estaba suce-

Anita Corro

diendo. Así lo hizo. Al llegar a la dirección, escuchó ruidos que provenían de la oficina del subdirector. Tocó la puerta. Salió y la hizo pasar. Ahí los tenía frente a su escritorio. Hablaba con ellos como usualmente lo hacía.

—Ustedes ya no tienen remedio. No deberían de estar en esta escuela. ¿Y tú qué haces aquí? —le preguntó a Ita.

—La maestra quiere saber qué pasó con sus estudiantes —le contestó con la voz quebrada.

—Primero me los manda como si yo no tuviera nada que hacer y, ¿ahora quiere saber cómo están? —replicó alzando la voz y continuó con su discurso—. Ahora, ¿tú los vas a defender? No me digas que ya eres como ellos y que vas a defender a estos burros buenos para nada —cuestionaba a gritos.

—Usted es un subdirector de una escuela y nosotros venimos a aprender, no debería de hablarnos así, con esas palabras —le contestó temblando de los nervios.

El subdirector se encontraba de pie a lado de la puerta. Caminó a su armario, tomó un diccionario y lo aventó sobre su escritorio.

—Aquí tienes el tumba burros. Busca esas palabras que según tú no te gustan y fíjate lo que quieren decir —le volvió a gritar.

—Búsquelas usted que las usa, yo no las acostumbro —contestó, mientras empujaba con su mano aquel diccionario sobre el escritorio.

—¿¡Saben qué!? ¡Ya me hartaron! ¡Ahorita mismo se me largan de la escuela! Y tú ve por tus cosas que tendré el gusto de correrte junto con estos —le ordenó rojo del coraje.

La inocencia en la mentira

No era la primera vez que Ita lo enfrentaba, en otras ocasiones le había contestado de igual manera en el salón. Sin decir nada, salió de la oficina y empezó a caminar. Entró al aula, tomó sus cosas y salió nuevamente en total silencio. Todos, incluyendo a la maestra quien mostraba cara de preocupada, habían escuchado aquellos gritos. Cuando Ita llegó a la oficina, ya la esperaba.

—Ahora sí, estamos completos. Vamos a la salida que tendré el placer de correrlos de mi escuela. ¡Andando! —les gritó.

El pequeño grupo se dirigió a la salida. Mientras cruzaban aquellos patios, Ita pensaba en la tutora. Seguramente, la reprendería. A pesar de aquel posible castigo, se negaba a disculparse con ese hombre. Le parecía irrespetuoso y grosero con sus estudiantes. Cuando llegaron a la salida, uno, a uno fueron saliendo del portón de la escuela. De la nada, apareció el director: venía de una de esas reuniones en el distrito escolar donde discuten temas de cómo formar a los futuros ciudadanos de un país.

—Y ustedes, ¿a dónde van? Si son horas de clases —preguntó confundido.

—El subdirector nos corrió —respondió de inmediato Ita.

—Tú vete a tu salón.

—Ustedes vayan con su prefecto o consejero o como le llamen —ordenó al resto.

—¡Y usted venga a mi oficina!

Anita Corro

Aquella tarde, por primera vez en mucho tiempo, reinó el silencio en el tercero C. Después de haber sido perdonados por sus superiores, completaron las clases con normalidad y regresaron a sus hogares. Ita al convento.

La inocencia en la mentira

Aún con el retrato en su mano

Anita Corro

La inocencia en la mentira

Ita se sentía motivada por los maestros que se esforzaban para que sus estudiantes aprendieran de la vida. Sobre todo, se sentía aceptada por sus compañeros, que ya eran sus amigos. La alegría y alboroto le animaban el alma cada tarde. Lo único que le molestaba era que la tutora le había ordenado que, si debía hacer tareas en grupo, las tenía que hacer en el convento e invitar a todos allí. De acuerdo con el reglamento, las aspirantes no podían pasar tiempo en la casa de algún compañero o en la biblioteca o en el parque. Sin embargo, Ita sí lo hacía. Mentía para poder ir a estudiar a la casa de algunos compañeros o si la llegaban a invitar a comer en algún festejo.

Un domingo por la tarde, Ita y sus amigos se encontraban reunidos en la sala de visitas del convento haciendo la tarea. Ellos se asombraban de la manera de vivir de su compañera. Ita les había pedido que guardaran silencio porque algunas monjas rezaban el rosario en la capilla. Mientras trabajaban en sus proyectos, alcanzaron a escuchar cuando la tutora le llamó la atención a una de las aspirantes. Intentó distraerlos mostrándoles un mapa que recién había terminado de completar. Continuaron trabajando. Le comentaron que les parecía un lugar aburrido porque las monjas les habían pedido que apagaran su música. Cuando terminaron de hacer sus trabajos, se marcharon sin despedirse de ellas.

El lunes siguiente, en clase, algunos le preguntaron si vivía en ese convento porque no tenía padres. No les podía decir la verdad. Se limitó a responder que estaría

allí hasta que terminara la secundaria. Le creyeron. Pero hubo uno que no conforme, siguió preguntando. Aquel jovencito acercó su butaca junto a la de ella y le dijo:
—¿Te puedo decir algo?
—Dime, Iván.
—¿Por qué no sales al patio? Siempre te quedas aquí estudiando.
—Tengo que avanzar con mis tareas lo más que pueda, porque mañana por la mañana no la podré hacer. Tengo que cumplir con mis quehaceres en el convento.
—¿Y por qué estás allí?
—Porque en mi pueblo no pude ir a la secundaria y aquí con las monjas puedo estudiar.
—Dibujas bonito, ¿sabes?
—Gracias.

Iván tenía la costumbre de acercar su butaca a lado de Ita, cada vez que se le presentaba la oportunidad. Lo hacía, generalmente, después de cada clase o durante los recreos. El verde de sus ojos en ese rostro serio, lo había capturado. Aquella simpleza, sin maquillajes, que caracterizaba la personalidad de Ita, era lo que a él más le gustaba. También aquella imagen impecable en ese uniforme escolar y esa cara mentirosa de monja. Por eso, inventaba excusas con tal de hacerla sonreír un poco. En la mayoría de las ocasiones, lo lograba. De tanto platicar junto a ella, y sin darse cuenta, se había enamorado. Se había enamorado de aquella monja callada, con uniforme de secundaria, de cabello corto, ojos tristes, que rara vez se levantaba de su asiento.

Aquella madrugada, Ita y sus compañeras ya se encontraban durmiendo. Por algún motivo, comenzaron a escuchar alboroto en la calle: dos jovencitos de

La inocencia en la mentira

secundaria traían una grabadora. Entre ellos murmuraban, mientras colocaban un casete. A todo volumen empezó a sonar Muchachita. Las aspirantes se fueron despertando una a una con aquella canción. Ita fue la última. La letra decía: "se te ve agotada de caminar, descansa en mí, muchachita. Bajo tu mirada veo la soledad, hiriéndote, muchachita, uh-uh-uh de ojos tristes". Ita la escuchaba conmovida. La canción continuaba: "dime lo que haces lejos de tu hogar, confía en mí, muchachita. Cuéntame el motivo que te hace escapar, lo entenderé, muchachita uh-uh-uh de ojos tristes. Desahógate en mis brazos, calma en mi todas tus penas y haz que salga la tristeza que hay en ti. Bebe un poco de mi vino, siéntate junto a mi hoguera y sonríe nuevamente para mí, muchachita."

—¿Qué es ese ruido? —interrumpió Rosita tallándose los ojos.

—Es música —contestó Ita.

—¿A quién se le ocurre tocar su música frente a un convento?

—No sé, pero la canción es bonita —le dijo a Rosita quien se tapaba la cara y los oídos con la cobija.

Terminó la primera canción. Al ver que nadie salía, aquellos jóvenes decidieron cambiar de casete y pusieron No se ha dado cuenta. Rosita sospechaba que podría ser para su amiga porque en ciertas ocasiones le había comentado que tenía amigos en la escuela. Las notas decían: "de una chica yo estoy enamorado, pero nunca le he hablado por temor. Tengo miedo que ella me rechace, o que diga que ya tiene otro amor." Los jóvenes ya alborotados le subieron más al volumen. "No se ha dado

Anita Corro

cuenta que me gusta, no se ha dado cuenta que le amo, que cuando pasa la estoy mirando, que estando despierto la estoy soñando, que de mi vida ya se ha adueñado, que en mis pensamientos ella siempre ha estado, es así." La lírica de la alborozada melodía se repetía una y otra vez, mientras las aspirantes escuchaban con atención.

Ya un poco desilusionados porque nadie se asomaba por la ventana, aquellos traviesos jóvenes dedicaron la última canción: Amor de estudiante. "Es otoño, los amantes ya se fueron, las hojas de los árboles cubren el campo, sus voces amorosas, ya no se escuchan, el verano ya se fue." Ita seguía soñando despierta, la melodía se extendía: "mi amor de verano, mi primer amor, amor de estudiante, ya se terminó. Vendrán otros veranos, vendrán otros amores, pero siempre en mi ser, vivirá mi amor de verano, mi primer amor."

La música la escucharon tanto las aspirantes como su tutora, a quien de inmediato la invadió el recuerdo del día en que la habían dejado plantada en la iglesia: se iba a casar, pero su prometido jamás llegó. La había dejado sola, allí, parada frente al altar, esperando, justo en el día de los enamorados. Tomó su libro de oraciones que se encontraba sobre la mesa de noche, sacó una fotografía a blanco y negro y la abrazó con precaución para no romperla porque lucía muy desgastada. Aquellas gotas de agua salada cayeron sobre su regazo, sin parar.

Cuando por fin aquel escándalo había terminado, se secó los ojos, se puso un suéter, y aún con el retrato en su mano, se acercó a la ventana y la abrió de par en par. Los jóvenes todavía estaban ahí afuera, justo debajo.

La inocencia en la mentira

—¡Hagan el favor de retirarse! ¡Esta es la casa de Dios y la deben respetar! —les gritó muy molesta.

Los muchachos no contestaron, solo tomaron su grabadora y empezaron a caminar. Las aspirantes en la habitación cuchicheaban preguntándose para quién había sido aquella música. Ita prefirió guardar silencio. En el desayuno, las aspirantes se comportaron como de costumbre. En cambio, la tutora, andaba muy seria. No quiso hablar, casi ni comió. Solo se dedicó a dar las órdenes y con mal genio. Decía que quería hacer bien su trabajo, ese era el motivo de su empeño. Así, había terminado el fin de semana.

Ita regresó el lunes a la escuela. Pablo, se le acercó.

—¿Te gustó la música que te llevamos?

—¿Fueron ustedes?

—Sí, fue idea de Iván.

—Ah, pues hicieron a enojar a mi tutora. Por culpa de esas canciones, anduvo de malas todo el fin de semana. ¡Pues estaba muy alto el volumen y se escuchó en toda la casa!

—¡Clarín! De eso se trataba. Pa' que nos recuerdes, niña de Dios.

Aquel salón de clases, con su ambiente ruidoso y familiar, se había convertido en su refugio favorito: sentía que la abrazaban aquella alegría y amistad de sus compañeros. Jamás les agradeció por la música. Entendía que con aquellas canciones Iván le había expresado todo lo que sentía. Solo se limitó a seguir permitiéndole que acercara la butaca a su lado.

Anita Corro

La inocencia en la mentira

¡Aquí no se desperdicia ni un segundo!

Anita Corro

La inocencia en la mentira

Todos los taquitos de mole se habían acabado, al igual que las bolsitas de zanahoria rallada. Limpiaron la cafetería y se dirigieron a la cocina del convento para lavar los platos, debían dejar todo limpio para el día siguiente. Ita y Rosita empezaron a charlar mientras trabajaban, en ocasiones lo hacían cuando se encontraban a solas. La cocina se hallaba a un costado del pasillo que unía la escuela con el convento. Cerca, también, había un salón de estudio donde las monjas preparaban sus clases. Esa mañana, se encontraba cerrado y parecía que no había nadie en sus inmediaciones.

—¡Nos tenemos que apurar para terminar de limpiar y cocinar! —le dijo Ita a Rosita.

—¡Aquí no se desperdicia ni un segundo! La vida es muy rápida. Todo el tiempo tenemos algo que hacer. Si quiero terminar la secundaria, tengo que trabajar toda la mañana y estudiar por la noche. Los fines de semana se me van en el catecismo, lavar la ropa, hacer tareas y limpiar. Si hay algún paseo, no nos llevan dizque porque tenemos mucha tarea. Como el fin de semana pasado que vino la sobrina de la hermana superiora y la llevaron a visitar las ruinas de Teotihuacán y no nos llevaron porque teníamos "cosas que hacer". La tutora dice que los domingos nos podemos levantar más tarde, pero a las seis la superiora me despierta para que la acompañe al mercado. ¡Esta vida controlada no me agrada! Siento que todo el tiempo ando con el Jesús en la boca, rezando, para que no me vayan a llamar la atención por algo que haga mal. En fin, todo es control, nos controlan por

Anita Corro

todo. Todo el tiempo tenemos algo que hacer —se quejaba Ita, mientras preparaba el arroz rojo.
—¡Ojalá que nunca te escuchen hablar así!
—Ojalá que no. Pero así pienso.
Ita en pocas ocasiones comentaba con Rosita sobre el motivo que la había llevado a vivir a ese convento. Ante los demás, aparentaba mantener la imagen de querer ser una monja, en cambio, ante su amiga se le olvidaba como le sucedió aquella mañana.
—Entonces, ¿eso quiere decir que no estás de acuerdo con las reglas de este lugar?
—Lo estoy pensando todavía. No sé si podría vivir bajo este régimen. Pienso que Dios nos envió a este planeta a ser felices, a sonreírle a la vida y sobre todo a aprender. Pero eso de estar controlada por una superiora o tutora creo que sería lo mismo que estar casada con un hombre machista. No estoy segura si quiero este tipo de vida porque no estoy de acuerdo con sus reglas.
—Uuuhm pue' que tengas razón, pero mientras estemos aquí debemos obedecer. Recuerda el voto de la obediencia que tú muchas veces has prometido cumplir porque de repente se te olvida —le recordó Rosita.
—Sí, mientras yo viva aquí tengo que obedecerlas.
A pesar del ruido que estaban haciendo, mientras cocinaban y conversaban, se escuchó el azote que provenía del estudio. La monja que se encontraba trabajando allí salió con paso firme y se dirigió a la cocina. Ellas se quedaron sorprendidas sin decir nada. Una de las reglas de aquel lugar era crear el silencio y no cuestionar las políticas de la organización.

La inocencia en la mentira

—¿Alguna de las dos me puede dar un vaso con agua? —preguntó la monja.

Rosita le sirvió un vaso y se lo dio. La monja lo tomó de un trago y salió de la cocina.

—¿Tú crees que nos haya escuchado? —le preguntó Rosita muy preocupada.

—Yo creo que sí, por eso no hizo ruido todo el tiempo que estuvo allí. Estoy segura de que me estaba escuchando. ¡Ni modo si me corren por decir lo que pienso!

Ambas terminaron con sus labores en la cocina y se retiraron a la habitación para cambiarse de uniforme e ir a la escuela. Al regresar de la secundaria, después de la merienda, la tutora les dio un anuncio.

—Mañana después de la cena nos reuniremos todas en la sala privada. Deben terminar sus quehaceres a tiempo, no deben llegar tarde a la reunión.

Al unísono contestaron que sí. Terminaron de limpiar la cocina y después se dirigieron a la capilla para la oración de la noche. Luego regresaron a la habitación a descansar.

Al día siguiente, después de la cena, empezaron a reunirse en la sala privada como habían acordado. Ita llegó al último. Le apartaron un banco solo para ella porque ya no había asientos en los sofás. En seguida, la madre superiora tomó la palabra. Primero hizo una oración para que Dios bendijera y guiara aquella reunión y después se dirigió a todas sus hermanas.

—Las he reunido esta noche para recordarles el propósito de nuestra vida en esta congregación. Recuerden que somos hijas de Dios y esposas de nuestro

Anita Corro

Señor Jesucristo y por ese amor que Dios nos tiene debemos ser más agradecidas. ¡Debemos aceptar los problemas que Dios nos manda, sin reproches! Todo esto se los recuerdo porque últimamente parece que se les ha olvidado, especialmente a nuestras hermanas menores.

Miró a las aspirantes y les empezó a hablar.

—Puede ser un poco difícil para ustedes aceptar la voluntad de nuestro Señor, pero poco a poco lo irán aprendiendo. Siempre recuerden sus votos de pobreza, castidad y obediencia. La obediencia es la que deben practicar ahora para que, después, aprendan a tomar decisiones de acuerdo con la voluntad de Dios. También deben practicar el silencio en todo momento, aunque piensen que ninguna de nosotras las está escuchando, Dios siempre nos observa y escucha. Y nosotras también.

Giró un poco su mirada, y sin cambiar de postura, se dirigió directamente a Ita. En aquella ocasión, fue la superiora la que reprimió a Ita.

—Tú sabes que una de nuestras principales reglas en el convento es la obediencia. Así como guardar silencio mientras hacemos nuestras labores. Parte de la obediencia es acatar las reglas sin cuestionar a tus superiores. Tú bien sabes a lo que me refiero. Toda acción buena o mala tiene sus consecuencias. Por eso he decidido suspender tus vacaciones de este año. Se te iban a dar en el próximo mes, con motivo de la Semana Santa. Ahora no irás a visitar a tu familia y para reparar tus errores, acompañarás a tus hermanas a la casa misión durante ese tiempo. ¿Entendido?

—Está bien, madre superiora. Así lo haré.

La inocencia en la mentira

Ita comprendió todo perfectamente, se limitó a contestar como le había enseñado la tutora. Así terminó la reunión. Era evidente, para Ita, que aquella monja la había acusado por la conversación que había tenido con Rosita en la cocina. Estaba un poco triste porque no iría a su pueblo con su familia, por otro lado, siempre había querido conocer la casa misión que se encontraba en el sur del país. Ya le habían contado de aquel lugar ubicado en la Mixteca, por su pueblo. Siempre le dio mucha curiosidad.

Anita Corro

La inocencia en la mentira

Aquellas caritas

Anita Corro

La inocencia en la mentira

Las vacaciones de Semana Santa habían iniciado e Ita preparaba sus únicos tres uniformes, para pasar quince días fuera de la ciudad. El chofer se encontraba en la calle con la camioneta lista para partir. La madre superiora salió acompañada de las monjas y se subieron al auto. Ita también las acompañó —algo que casi nunca hacía—. Era una Suburban: de color blanco, contaba con tres hileras de asientos, olía a nuevo y el interior estaba impecable. Se sentó en uno de los asientos traseros. La acompañaban tres monjas y dos aspirantes. Arrancaron y salieron hacia la carretera. Tendrían unas seis horas por delante para llegar a destino.

En el pueblo ya las estaban esperando. La madre superiora, de la casa misión, junto al resto de las hermanas, salieron a recibirlas. Ita empezó a observar toda la casa, le parecía pequeña. Inmediatamente, las invitaron a cenar. Cuando pasaron al comedor, observó que los cubiertos eran muchos más sencillos y que había menos comida comparada con la que se servía en la ciudad. Mientras comían, la madre superiora les comentaba sobre las actividades que deberían realizar durante la Semana Santa. Ellas también tendrían que ir a colaborar en uno de los pueblos pertenecientes a la parroquia. Todo esto a Ita le recordaba aquella semana junto a Antonio. Al terminar, las invitaron a pasar a sus habitaciones donde descansarían el resto de la estadía. Ubicaron a las aspirantes en la habitación más pequeña cerca del patio. Al resto de las monjas, les ofrecieron las habitaciones más reservadas de la casa.

Anita Corro

Ita tenía tanto sueño que se quedó dormida de inmediato. A pesar del cansancio, el ruido de alguien lavando al lado del pozo —que quedaba cruzando el patio— la despertó. Se sentó en la cama y siguió escuchando aquel ruido. Se calzó y caminó hacia la puerta, mientras se preguntaba por qué una monja estaría lavando a las dos de la mañana. Quiso averiguarlo. Abrió la puerta sin ningún temor y, justo frente de ella, vio la silueta de una mujer con un vestido blanco que le llegaba hasta el tobillo, de cabello largo y oscuro. Tallaba la ropa en el lavadero. Se detenía solo para sacar agua con una cubeta de metal, que golpeaba contra las piedras cada vez que bajaba y subía. Se quedó observándola. La mujer no se detenía, continuaba enjuagando la ropa con suficiente agua. Estaba tan oscuro que solo podía distinguir su silueta blanca. De todas formas, no intentó hablarle, ya le había dado flojera. Aquella mujer continuaba lavando. Fue entonces cuando una de sus compañeras se despertó y la distrajo preguntándole qué hacía despierta junto a la puerta. Cuando volteó, la mujer ya había dejado de lavar. Alcanzó a escuchar un suspiro, el ruido había cesado. Regresó a su cama y se durmió, nuevamente, al instante. Aquello no le había espantado el sueño.

A la mañana siguiente, durante el desayuno, preguntó:

—¿Por qué lavan de madrugada? Eran como las dos de la mañana cuando me desperté por culpa de tanto ruido.

—¡Otra vez esa mujer! No te preocupes, sucede a menudo, pero no pasa nada. Ya te acostumbrarás —contestó una de las monjas.

La inocencia en la mentira

¡Ah! He visto peores cosas en mi pueblo, pensó. Ita no le dio importancia y continuó con el desayuno. Al terminar, el chofer y la madre superiora regresaron a la ciudad con algo de apuro. Ita, el resto de las aspirantes y dos monjas partieron hacia el lado de la carretera sin pavimentar, al pueblo en el que ayudarían con las actividades de la Semana Santa. Debían permanecer allí el resto de la semana. En aquel pequeño poblado, las estaban esperando el sacerdote y dos seminaristas, quienes también colaborarían con la misión.

En el curato de la iglesia, de aquel pequeño pueblito, había dos habitaciones preparadas para hospedar a los misioneros. Al sacerdote y a los seminaristas les asignaron el cuarto más grande, las hermanas ocuparon el otro. Aquella tarde de lunes santo la aprovecharon para presentarse ante la comunidad y organizarse.

A la mañana siguiente, las monjas y aspirantes se despertaron a las cinco para preparar el desayuno. No contaban con una estufa y cocinaron con leña y carbón. Cuando el reloj de la iglesia marcó siete campanadas, la mesa, que quedaba en el centro del curato, se encontraba servida.

—Buenos días, hermanas —saludaron el sacerdote y los seminaristas al salir de su habitación.

—Buenos días, padre. Pasen a la mesa.

—¿Qué hambre van a tener de la cama a la mesa? —cuchicheó Ita a sus compañeras mientras les servían.

Una de las monjas alcanzó a escucharla, pero prefirió ignorarla. El sacerdote tomó la palabra para bendecir los alimentos. Después, mientras comían, dividió las actividades para el resto de la semana. En cuanto terminaron, los varones se pusieron de pie y se retiraron a la sacristía para organizar el día. Las aspirantes levantaron los platos y dejaron todo limpio para la siguiente comida. A pesar de que Ita no estaba de acuerdo con servirles y lavar sus platos, lo debía hacer para practicar la obediencia frente a sus hermanas mayores. No dejaba de observar aquellos hombres, nunca había convivido tan cerca con un sacerdote y seminaristas.

El resto del día lo pasaron rezando en la iglesia. Durante la cena repitieron la misma dinámica, después se retiraron a sus habitaciones. Ita se dio cuenta de que no tenía medias limpias para el siguiente día y pensó en lavarlas. Una de las monjas le sugirió, según lo que estaban acostumbradas a hacer, que se secarían más rápido si las ponía en el centro de una toalla seca y les daba vuelta varias veces. Siguió el consejo. Descubrió que las medias habían quedado casi secas. Luego, las colocó sobre una silla de madera que compartía con sus compañeras, en esa habitación revestida solo con paredes de adobe de barro.

Los misioneros continuaron con las actividades programadas para esa semana. En cambio, llegado el jueves santo, las monjas se vieron en la necesidad de pedir ayuda a los mayordomos que les asistieran con la comida para el siguiente día. Preguntaron entre las familias del pueblo quién podría invitarlos a comer. Sin hacerlos esperar, dos familias se ofrecieron. El cura y los seminaristas irían con una y las monjas con la otra. De acuerdo con la tradición por la Semana Mayor, las mujeres cocinaban por las noches, ya que por las mañanas participaban en los rezos en la iglesia. Desde

La inocencia en la mentira

muy temprano, aquel viernes, iniciaron con las laudes en el templo. Después, al medio día, las campanas empezaron a sonar melancólicas, acompañando el vía crucis. Casi todo el pueblo había asistido al evento. La procesión terminó justo a las tres de la tarde, luego todos regresaron a sus hogares. Los misioneros también se dirigieron a comer.

Las monjas llegaron con la familia que les habían asignado. La señora de la casa las invitó a pasar. Al entrar, Ita no pudo evitar tocar la puerta de madera vieja y rústica. La casa era una sola habitación. Cada una de ellas fue buscando el mejor lugar cerca del tlacuile donde se encontraba la única olla de comida. Ita dejó que las hermanas ocuparan las pocas sillas que había y, junto a sus compañeras, se acomodaron en unas piedras. Alrededor de ellas, se encontraban tres niños jugando en el piso de tierra. La señora sostenía en su espalda, con un rebozo, al más pequeño y calentaba las tortillas. Los niños sorprendidos por aquellas visitas jugaban en silencio para no inquietarlas. La señora terminó de colocar todas las tortillas calientes en el tenate. En unos tazones de barro les sirvió frijoles negros. Ita tenía tanta hambre que pensó en comerse cuatro tortillas grandes, pero algo la detuvo. Ya tenía la primera tortilla en la mano, cuando giró a su alrededor, regresó su mirada a la olla y al tenate. Si nos terminamos las tortillas y frijoles, ¿qué van a comer estos niños?, se preguntó. Alejó su plato y dejó la tortilla. Una de las monjas la observó y de inmediato le dijo en voz baja.

—Usted no puede hacer eso. Tome de nuevo su tortilla y cómase todos los frijoles.

Anita Corro

—Ya no tengo hambre.
—¿Cómo que no tiene hambre? Si todo el vía crucis no hacía otra cosa más que repetir que se moría de hambre. ¡Ahora coma!
—Ya no quiero.
—¡Que se los coma le estoy ordenando!

Ita no podía creer que mujeres fuertes, jóvenes, con todas las capacidades para trabajar, les estaban robando la única comida que tenía aquella humilde familia. Jaló su plato de regreso, mojó la mitad de la tortilla en el caldo de los frijoles y empezó a comer con lentitud. Fue todo lo que pudo comer. Regresó la otra mitad de tortilla al tenate y le dio su tazón a la señora.

—Muchas gracias, ya terminé.

Ita recordaba la casa en la ciudad, en donde cada dos semanas iban a la Central de Abastos y llenaban los dos refrigeradores de verduras, carnes y fruta. Aquellas caritas no le permitían comer más, prefirió hacer desaparecer el hambre. Las hermanas terminaron toda su comida. La señora levantó uno por uno los platos para lavarlos. Se pusieron de pie y a prisa dijeron que tenían muchas cosas que hacer en el curato. Dieron las gracias y se marcharon de la casa.

En el camino, la monja a cargo del grupo se dirigió a Ita.

—Usted tiene que aprender a ser agradecida y comer todo lo que la gente humildemente nos regala, ¿me escucha? Debemos de aceptarlo porque viene de Dios.

—Pues no se me hace justo comer frente a otras personas y menos si son niños. Los frijoles eran todo lo que tenía esa familia para comer. ¡Yo sentí que les estaba robando su comida! No, no estoy de acuerdo con

La inocencia en la mentira

eso de aceptar todo cuando viene de personas tan pobres, que no tienen ni pa' comer. ¿Usted cree que Dios esté de acuerdo en que les quitemos la comida a los pobres?

—Usted está en una etapa de formación y debe acatar las reglas de nuestra organización. Todavía no está en posición de hablar de esa manera. ¡Y mucho menos de hacer su voluntad! ¿Entendido?

Al igual que en otras ocasiones, Ita prefirió guardar silencio. Pensaba en los pocos meses que le faltaban para terminar la secundaria, eso era lo único que la hacía obedecer.

El sábado santo terminaron con las actividades y se quedaron platicando con la gente del pueblo sobre sus problemas cotidianos. Al día siguiente, al terminar la misa de resurrección, tomaron sus maletas y regresaron a la casa misión. A Ita le restaba una semana más en la Mixteca. Cuando llegaron al convento, se cruzaron en el corredor con una de las hermanas que partía a casa de sus padres porque un pariente había fallecido. Antes de retirarse a la habitación, Ita alcanzó a escuchar cuando la madre superiora, de la casa, la estaba despidiendo.

—Recuerda que vas a hacerle compañía a tu familia, nada de lloriqueos, eso no es para nosotras. Debes encabezar los rezos y cantos, ¡nada de llorar! ¿De acuerdo?

Sin hacer ningún comentario, se fue a descansar. Ya en la cama, se preguntaba por qué la hermana no debía llorar en el velorio. Y así, se quedó dormida pensando en eso.

Anita Corro

Nuevamente un ruido extraño la volvió a despertar, en esa ocasión lo escuchó más de cerca. Vestida solo con su ropa de dormir, pisaba aquella bata blanca que le llegaba hasta el tobillo: tenía mangas largas de popelina y un cuello ancho de encaje abotonado. Sin ninguna preocupación, se sentó y caminó hasta la puerta —alta y de madera— y allí se quedó con las palmas de sus manos pegadas. La entreabrió y volvió a oír aquel ruido: se escuchaba una repetición de golpes metálicos. Se animó y la abrió un poco más. El ruido continuaba. Por fin se atrevió a salir, no vio a nadie. Cuando se asomó, siguió sin ver nada, ni siquiera una silueta o una sombra. La luz de la luna alumbraba el reducido corredor y, gracias a eso, podía observar con claridad y en detalle cada objeto. Le llamó la atención una pequeña mesa de madera sobre la cual se encontraba una máquina de escribir muy vieja. ¿Por qué siempre soy yo la que escucha estos ruidos?, se preguntó. Acostumbrada a esos sucesos en su pueblo, caminó sin temor por el corredor hasta acercarse un poco más, quería averiguar de quién se trataba. Observó sorprendida que las teclas de metal no paraban de golpear el papel. Respiró profundo al darse cuenta de que nadie estaba escribiendo en aquella máquina. Cuando terminaba una línea, la palanca recorría el trayecto de un lado a otro, haciendo que corriera el rodillo. Las teclas aceleraban sus golpes, parecía que querían terminar antes de que amaneciera. Aprisa giró de regreso a la habitación con las manos en el pecho. Se acostó sin inquietar a sus hermanas. ¡Estuvo cerca, qué susto! Dios mío no había nadie, ¡la máquina estaba escribiendo sola!, dijo en voz alta. A pesar de todo, cerró los ojos e intentó dormir.

La inocencia en la mentira

Las reglas eran las mismas en aquella casa misión, en cambio las actividades variaban porque no contaban con una escuela como fuente de ingresos. Sus recursos los obtenían, directamente, del trabajo que producían evangelizando y de la ayuda de la comunidad. Aquella mañana, la madre superiora le pidió a Ita que fuera al mercadito del pueblo por legumbres y barbacoa, una familia se las regalaba cada semana. Se dio cuenta de que su zapato tenía un agujero, pero no dijo nada. Era obvio ante sus ojos que aquellas monjas no contaban con los mismos recursos como en la ciudad. Salió hacia el mercado. Al llegar a aquel lugar colorido y ruidoso, entró por el pasillo donde los vendedores gritaban al unísono: ¡pásale, güerita! ¿Qué vas a llevar hoy? Entre aquellos vendedores se encontraba un zapatero. De inmediato pensó en la posibilidad de que le arreglara sus zapatos.

—Buenos días, señor.

—Buenos días, madrecita —contestó el zapatero en respeto por el uniforme.

—¿Usted cree qué pueda arreglar mis zapatos?

—¡Claro que sí! Déjelos y regrese en dos horas.

—El problema es que son los únicos que tengo y tampoco traigo dinero.

El hombre se quedó pensando, mientras la observaba y le contestó:

—Entonces, sáqueselos y espere en esa banca.

—¡Muchas gracias! —le contestó muy alegre.

Mientras el hombre arreglaba esos zapatos desgastados, ella columpiaba sus pies con sus medias descoloridas como una niña, sentada en la banca de

Anita Corro

madera. Después de treinta minutos, se escuchó nuevamente la voz del hombre decir:
—A ver, madrecita. Aquí tiene sus zapatos.
—Parecen nuevecitos. ¡Muchísimas gracias! Es usted un ángel.
—No se preocupe. Cuando se le rompan otra vez, ya sabe.

Ita se despidió de aquel buen hombre. Solo le restaba comprar lo que necesitaba y pedir la barbacoa. Regresó al convento.

En cuanto la vio, algo le llamó la atención, la superiora le pidió que ayudara en la cocina.
—¿Te compraste zapatos? —le preguntó muy sorprendida.
—No. Un zapatero en el mercado me los arregló y como le dije que no traía dinero, pues no me cobró.
—Sí, en este pueblo la gente es muy generosa. Se te ven como nuevos. Cuídalos porque aquí se gastan muy rápido.
—Así lo haré, madre. Gracias.

Se fue directamente a la cocina, llevando consigo la barbacoa y aquellos pocos víveres del mandado. La cocinera le dijo que debían de dividir el kilo de barbacoa para dos días. Se sorprendió: en la ciudad no hacían eso. Siguió las instrucciones de la hermana. Recordó el ruido de aquella madrugada y lo compartió con ella, mientras se encomendaba a la tarea. La monja la escuchó con atención y al final le comentó que esos sucesos eran muy comunes. Pensaban que sucedían porque la casa era muy vieja y había sido, hacía mucho tiempo, un establo para animales. Por eso la rentaban por poco dinero. A Ita le parecía interesante vivir en una casa tan terrorífica y

La inocencia en la mentira

antigua y le era imposible dejar de compararla con la casa grande de la ciudad. Terminaron de cocinar y la hermana tocó la campana llamándolas a comer. El resto de la tarde, lo pasaron platicando con jóvenes que solían visitarlas para analizar textos bíblicos. Sobre el final, merendaron té con pastel que ellos mismos habían llevado. La vida en aquella casa parecía más lenta y eso le permitía disfrutar de cada instante.

A la mañana siguiente, fueron invitadas a pasar el día con una familia en las afueras del pueblo. Se trataba de un bautizo. La reunión se llevó a cabo en una huerta al lado del río. Allí se reunieron todos: las monjas, el párroco, algunos invitados y la familia dueña de aquella huerta de mangos. Cuando llegaron, una mujer conmovida, sin decir nada, se dirigió directamente a Ita, la abrazó y lloró sobre su hombro. Muy sorprendida y sin saber qué hacer, se dejó abrazar. Poco a poco la mujer se alejó de sus brazos y le dijo:

—¡Disculpe, madrecita! La abracé así porque usted me recordó a mi hija, más o menos tenía su edad. Ella se fue con un sargento del ejército hace quince años. ¡Usted se parece mucho a mi hija! Desde que se fue con ese hombre no he sabido nada de ella. ¡Disculpe, madrecita! —le repetía tallándose los ojos, esa señora demasiado alta.

—No se preocupe. Siento mucho lo de su hija. Ojalá que muy pronto regrese o sepa algo de ella.

Cuando la mujer se alejó con el resto de su familia, comenzaron a servir la barbacoa que habían llevado. Todos disfrutaron de la comida bajo aquellos altos árboles. Al caer la tarde, las monjas regresaron a la casa.

Anita Corro

Restaba poco tiempo para que Ita regresara a la ciudad. Aquellos días, se los pasó ayudando en el convento de aquel pueblo. Las vacaciones estaban llegando a su fin, debía regresar nuevamente a la ciudad.

La inocencia en la mentira

El sol se dejó ver después de varios días de lluvia

Anita Corro

La inocencia en la mentira

Los últimos meses que le restaban para terminar la secundaria, los pasó en la ciudad. Era una mañana de lunes después de las vacaciones. Ita, como de costumbre, fue a dar sus clases a los niños. En la puerta, del salón del primer grado, ya la estaba esperando la monja encargada de los trámites legales.

—¡Qué bueno que te veo! ¡Por fin nos hemos encontrado! No sé si recuerdas que, al terminar la secundaria, quedaste con la superiora que te irías al extranjero a hacer tu noviciado. Para eso, necesito que me entregues tu pasaporte y todos tus documentos legales, incluyendo el acta de nacimiento. Revisaré qué hace falta, prepararé todo y cualquier cosa yo te digo.

A Ita la tomó por sorpresa la noticia, no esperaba que, aun habiendo sido recién castigada, la promovieran al noviciado. Además, ella no deseaba ser monja. Lo que había escuchado de aquel lugar la atemorizaba. Decían que las novicias no salían a la calle, se la pasaban rezando, no visitaban a su familia, no les estaba permitido recibir visitas, vivían en total silencio y eso a ella no le agradaba.

—¿Se los puedo traer mañana? Tengo que irme a terminar mis quehaceres y después a la secundaria.

—¡Pero que no se te olvide! Ya queda poco tiempo para que termines y el siguiente paso será el noviciado. ¡De esa manera lo pediste!

Ita se retiró pensando en lo que la monja le había dicho. Aunque ya no deseaba continuar con el noviciado, quería terminar bien la secundaria. De inmediato se fue a su habitación. Buscó todos sus documentos y los guardó entre su ropa interior. Pensaba que allí nadie se atrevería tomarlos, como la vez que le habían arrebatado las cartas debajo de su almohada. No podía permitir que le volviera a suceder. Preocupada, caminó rumbo a la secundaria. Toda la tarde se la pasó pensando en lo mismo. Al siguiente día, se le ocurrió una respuesta para la monja. Fue a su oficina antes de cruzársela nuevamente.

—Buenos días, madre.

—Buenos días. ¿Me trajiste los documentos?

—No. Anoche tenía mucha tarea, me puse hacerla y se me olvidó buscarlos, pero se los traigo mañana.

—Está bien, pero que no pase de mañana. ¡Es urgente!

—Gracias, madre.

Al siguiente día, la tutora le dio instrucciones para que faltara a la secundaria porque tenían que ir a visitar a otra congregación en el centro de la ciudad. Ita sin comprender a dónde iban, ni a qué, siguió las instrucciones sin preguntar nada. Así debía de comportarse. El chofer se detuvo frente a una escuela preparatoria privada de monjas. Bajaron de la camioneta y entraron a la escuela. Justo en ese momento, la tutora le mencionó que estaban buscando opciones para su futuro. Era la hora de la salida del turno matutino. Las alumnas con uniforme azul marino y corto pasaron junto a ellas. En el patio se encontraba la madre superiora de aquel convento. Se presentaron y las invitaron a recorrer el colegio con toda confianza. Mientras lo hacían, la tutora le dijo a Ita que si no era aceptada en el noviciado la enviarían a esa escuela: un

La inocencia en la mentira

colegio privado donde no tendría que preocuparse por un examen de admisión, ni tampoco sería un problema si llegaba a reprobar alguna materia.

—¿Qué te parece?

—Me parece que es una prepa muy bonita, de niñas muy ricas y se ve muy caro.

—Sí, pero nosotras nos entenderemos con las dueñas de aquí, son nuestras hermanas también. Aunque pertenezcamos a diferentes congregaciones, todas somos hermanas en Cristo.

—Está muy lejos de nuestro convento.

—Tendrás que usar el transporte público. Tomarás microbuses y, tal vez, dos líneas del metro. Yo creo que demorarás unas dos horas.

—Está bien —contestó Ita ya muy angustiada.

La superiora de la prepa las interrumpió. Miró a Ita, por unos segundos, y le preguntó:

—¿Qué le parece nuestro colegio?

—Es una prepa muy bonita. ¿Solo es para mujeres?

—Sí. En su mayoría son hijas de empresarios o políticos. Son muy generosos, siempre están apoyando a nuestro colegio, saben que trabajamos incansablemente por la educación de sus niñas.

—¿Y debo hacer algún examen de ingreso? —preguntó Ita.

—No. El colegio cuenta con un programa completo y no creemos necesario las evaluaciones para ingresar a nuestra institución.

Terminaron con el recorrido. La tutora se dirigió a la superiora para darle las gracias y decirle que en las próximas semanas le confirmaría la asistencia de la

Anita Corro

aspirante para el siguiente año escolar. Se despidieron muy agradecidas y regresaron al convento. Ita no abrió la boca en todo el camino. Concluyeron el día con la cena, después se retiraron a sus habitaciones. Preocupada por sus documentos, los revisó uno por uno y los volvió a aguardar. Se durmió pensando en lo que le diría a la monja contadora al día siguiente: que la tutora le había comentado acerca de las pocas posibilidades de ser aceptada en el noviciado debido a su comportamiento. Seguramente, le contestaría que deberían esperar un poco más. Al menos, ese era su deseo.

Al día siguiente, cuando terminó con sus labores en el convento, se dirigió a la secundaria. En la escuela, ese día, el director dio las instrucciones para el fin del año escolar. Los que terminaban la secundaria aquel año debían de hacer una cita con el consejero para asegurarse de tener todas las clases aprobadas y poder recibir su diploma el día de la graduación. Inmediatamente fue a hablar con el consejero, quien le dijo que no había problemas con sus clases. Al parecer, todo marchaba bien para finalizar con sus tres años de estudio.

Ita procuraba cumplir con la rutina de sus deberes, de lunes a sábados en el convento, sin que se presentara ningún inconveniente. De esa forma, se ganaba el permiso para poder recibir las llamadas de su padre los domingos por la tarde. En aquella ocasión esperó más impaciente que nunca.

—Me quiero ir de aquí.

—¡Vaya! Y, ¿puedo saber por qué?

—Ya no me gusta. Quiero regresar al pueblo, pero con una condición.

La inocencia en la mentira

A Ita le habían contado, en sus vacaciones, de una nueva escuela en Mariscala de Juárez —era cerca a su pueblo—. Se trataba de un colegio de bachilleres.

—¡Ahora resulta que tú me vas a poner condiciones! Está bien, con tal de que te salgas de allí. Dime, ¿cuál es la condición?

—Quiero estudiar la prepa.

Su padre aceptó todas sus condiciones y eso le alegró el corazón, tendría la oportunidad de continuar estudiando.

Ya había pasado el tiempo que la monja le había otorgado para la entrega de los documentos. Sin embargo, la noche anterior, al regresar de la escuela, empezó a sentirse mal. La tutora le dijo que se hiciera vapores con agua caliente, como lo había hecho en otras ocasiones. Lo hizo, pero de todas formas pasó la noche con fiebre. A la mañana siguiente, buscó entre sus cosas el dinero que usualmente escondía cuando su padre le hacía los envíos: tenía treinta pesos. Los tomó y se fue a la farmacia de la esquina.

—¿Qué medicina para la fiebre puedo comprar con treinta pesos?

—Te alcanza para dos inyecciones.

—Dámelas, por favor.

Mientras caminaba de regreso, recordó que en una ocasión su amiga Rosita le había comentado que en su pueblo había tomado un curso de primeros auxilios y practicaba con las naranjas. Al llegar, en seguida la buscó.

—¡Mira que si te pico mal no es mi culpa!

—Confío en ti. ¡Pónmela por favor!

Anita Corro

Con cuidado, Rosita le puso la inyección para que le bajara la temperatura. Se quedó reposando un rato. Le habían dicho que no fuera a trabajar a la primaria, que mejor se quedara a cocinar. A pesar de que la fiebre había cedido un poco, pensó que era necesario aplicarse la segunda inyección. Pasó la noche muy incomoda. Al día siguiente, tuvo que ir a trabajar. Los niños no podían quedarse sin sus clases de valores. La secretaria, que casi nunca hablaba con ella, esa mañana la saludó. Ita le dijo que llevaba prisa porque tenía que inyectarse. Ella le hizo saber que sabía inyectar, tenía mucho tiempo haciéndolo. De inmediato le pidió de favor que le ayudara. Aceptó. Fue por el medicamento y regresó a la oficina de la secretaria.

—Pásate y cierra bien la puerta.

—Ayer me puso una mi compañera, aunque no tiene práctica.

—¡No hagan eso! Se pueden lastimar —le dijo mientras le aplicaba la inyección.

—¡Estás muy flaquita! Además, ahora que me acuerdo, tu no deberías de andarte poniendo inyecciones de esta manera, puedes ir al hospital para que te revise un doctor. ¿No has ido?

—No. No tengo dinero.

—No necesitas dinero porque estás registrada como empleada de la escuela y por ley te corresponde un seguro médico. Yo misma hice todo el trámite para tu seguro. ¿No te entregaron una tarjeta para ir al hospital?

—No.

La secretaria pensó que había cometido una imprudencia al comentarle la existencia de un seguro médico a su nombre.

La inocencia en la mentira

—Te ruego que por favor no digas que yo te dije porque perderé mi trabajo.
—No diré nada.

Ita dejó la oficina muy sorprendida por aquello que se había enterado recientemente. Regresó a su habitación a descansar, pero la fiebre no cedía ni un poquito. La tutora la vio y fue entonces cuando le sugirió que fuera con el doctor en la parroquia. Con un poco de dificultad caminó hacia la iglesia, había una fila de gente esperando para ver al médico. Al mismo tiempo que ella buscaba su lugar para formarse, iban saliendo del templo unas monjas vestidas de blanco: eran las dueñas del hospital de la esquina. Ita las saludó, casi siempre coincidían en alguna misa. En cierta ocasión la tutora le había dicho que esas monjas vestían de blanco porque se dedicaban a ayudar a los enfermos, a diferencia de ellas que se encargaban de la educación. Estudiaban para ser enfermeras o doctoras. Se formó en la línea. Había hombres hablando solos, algunos llevaban tatuajes extraños que le atemorizaban, intentaban conversar con ella, pero los ignoraba. Al encontrarse tan cerca uno del otro, podía percibir su mal aliento a alcohol y a cigarro. Uno de ellos, ya sin dientes, la miraba de arriba abajo. Su ropa estaba desgastada y andaba descalzo. Eso la hizo sentirse desprotegida en aquella ciudad tan grande. Al otro lado del atrio había una cancha, allí se encontraba el párroco y un grupo de jóvenes. Estaban jugando un partido de básquetbol. Podía escuchar los golpes de la pelota y las risas. Eso la tranquilizó un poco, al menos, no se encontraba tan sola. El sol recién se dejaba ver después de varios días de lluvia. Por fin le tocó su turno.

Anita Corro

—Buenos días, doctor.
—Buen día. ¿Y usted qué hace aquí? Usted es muy joven y fuerte, ¿por qué está aquí con estos vagabundos? Mis consultas son gratis, para gente pobre que no puede pagar y usted no lo parece —le dijo el anciano médico de noventa años.

—Vivo en un convento y una de las monjas me envió con usted. Además, no tengo dinero para ir con un doctor privado —contestó Ita mientras la revisaba.

—Está bien, te voy a dar antibióticos porque traes una infección muy fuerte, pero por favor trabajen para tener dinero y así poder pagar un servicio privado.

Le agradeció con un abrazo y salió muy apenada de aquel improvisado consultorio. En el camino pensaba en las palabras sabias de aquel anciano. Una vez que empezó a tomar el medicamento, comenzó a sentirse mejor y regresó a sus actividades habituales.

La inocencia en la mentira

Lo tenía en sus manos

Anita Corro

La inocencia en la mentira

Luego de varias semanas la monja contadora le pidió nuevamente los documentos personales a Ita. Le hizo saber que esperaría hasta que fuera aceptada en el noviciado para entregárselos. Con esta respuesta, se quedó tranquila y no insistió más. ¡Lo había logrado! Eso la tranquilizaba un poco más.

Así pasaron los días en aquel convento de la ciudad. Como Ita quería evitarse problemas, decidió esforzarse guardando silencio, mientras obedecía con el quehacer de sus labores. La tutora no dejaba de observar su conducta para promoverla al noviciado: era ella la que debería recomendarla o decidir si iría a la prepa privada. En los últimos días, la tutora no había encontrado una razón para llamarle la atención porque Ita seguía las reglas de la congregación al pie de la letra. La superiora por su parte la felicitaba por su excelente conducta. Después de cada comida, la animaban a continuar trabajando para su futuro en el noviciado. Esa era la idea que se estaban haciendo las hermanas en el convento.

Era viernes por la mañana. La mamá de Ita había llegado la noche anterior para la ceremonia de clausura, así se lo había pedido. Casi todas se alistaban para asistir a la graduación. La tutora le sugirió cambiar un poco su peinado y ella quiso complacerla. Habían quedado en reunirse con sus compañeros en la parroquia para la misa de acción de gracias. El reloj de la capilla marcaba cuarto para las ocho. Ita salió del convento con su uniforme de secundaria, lo había lavado y planchado el día anterior. Por fin se puso ese suéter que tanto había deseado, con el logo "Escuela secundaria". Cuando la

275

Anita Corro

misa terminó, el sacerdote pidió un aplauso para los recién graduados de secundaria. Después, todos se dirigieron a la ceremonia en la escuela. El patio principal estaba decorado con los colores patrios: verde, blanco y rojo. La banda entonaba el himno nacional "mexicanos, al grito de guerra", mientras el abanderado, junto a los escoltas, izaba la bandera hacia lo más alto de la asta. El maestro de ceremonia les pidió que tomaran asiento. Uno a uno fue nombrando a los exalumnos de la generación: mil novecientos noventa, mil novecientos noventa y tres del tercer grado grupo C, turno vespertino de la secundaria "María Montessori". Cuando le tocó el turno a Ita, su madre la acompañó hasta el escenario. El director la recibió y le entregó la carpeta. Una vez abajo, abrió el folder para la fotografía y miró su diploma. ¡Lo tenía en sus manos! Pegó el folder a su pecho y no lo separó de él. Antes de finalizar, el maestro de ceremonia leyó varios nombres que serían reconocidos por sobresalir, entre ellos se escuchó el de Ita. Les pidió que por favor regresaran el lunes por la mañana para la entrega de sus reconocimientos. Debido a una confusión, no los habían podido tener a tiempo y por eso necesitaban regresar por ellos. No prestó atención. Se marchó de la escuela dándole las gracias al director. Esa fue la última vez que lo vio. No tuvo el valor de despedirse de sus compañeros, solo pensaba en las palabras adecuadas que le diría a la tutora aquella noche.

Al llegar al convento las hermanas mayores —como querían sorprenderla— le prepararon una comida especial. Una de ellas, intentó ponerle un vals de fondo en esa consola vieja que tenían, pero no pudo. Era Ita la

La inocencia en la mentira

única que sabía cómo echarla a andar cada madrugada cuando era el cumpleaños de sus hermanas. Ella misma puso su música. Mientras comían, charlaban de lo bien que Ita se había comportado durante esos tres años. Su mamá estaba feliz de escuchar esas palabras que la hacían sentirse orgullosa de su hija. La comida se alargó entre platicas, risas y música. Sin duda, esa fue una de las pocas ocasiones que se la pasó contenta durante el tiempo que vivió en aquel lugar. Incluso, la tutora se ofreció ayudar a levantar los platos y lavarlos. Se sorprendió de ese cambio repentino de su hermana mayor. Cuando los platos ya estaban ordenados, la tutora le dijo que podía pasar el resto de la tarde con su mamá. Aceptó muy agradecida e invitó a su madre a caminar por la acera en la calle.

—¡Por fin estamos solas, mamá! La hice venir hoy porque ya terminé mi secundaria, ¡gracias a Dios estoy muy feliz por eso! Pero también por otra cosa.

—¿Qué cosa, m´hija?

—Me quiero ir del convento. Me regreso con usted al pueblo mañana a primera hora. Ya hablé con mi papá y me dio permiso de estudiar el colegio de bachilleres.

—¿Y qué? ¿Ya no quieres ser monja?

—No. Ya no quiero ser monja.

—¡No te entiendo! Pero tú sabes lo que haces con tu vida. Está bien, pues vámonos al pueblo mañana. Y las madres, ¿ya saben?

—No. Les voy a decir hoy en la noche.

—¡Qué bárbara!

Empezaba a oscurecer, debían ya regresar al convento. Su mamá estaba muy apenada, se acercó a la mesa para merendar, pero casi no tocó la comida. No pudo decir nada. Al terminar, la tutora le indicó el cuarto de visitas que quedaba cerca de la entrada y allí se quedó. Eran las nueve de la noche. La tutora ya estaba en su habitación. Ita fue un momento a la capilla para volver a pedir perdón. Después se dirigió a la habitación de la tutora. Tocó la puerta tres veces con delicadeza para no inquietar al resto de las hermanas.

—¿Puedo hablar con usted?
—¿Ahorita?
—Sí. ¿Puedo pasar?
—Está bien, pasa, siéntate —le dijo y señaló la cama.

Se sentó y observó por unos segundos aquella misteriosa habitación. Era la primera vez que se encontraba allí: era pequeña, pero contaba con el espacio suficiente para la cama individual, una mesita de noche con una lámpara y la imagen de la Virgen María. Al otro lado de la cama había un escritorio, un librero pegado a la pared y una silla. En una esquina se encontraba el ropero de la monja con un espejo discreto. Las dos se sentaron en la cama. Así estarían más cómodas, dijo la tutora. Para Ita no fue cómodo y enseguida se puso de pie.

—Disculpe que la moleste a esta hora y en su habitación.
—No te preocupes, no es la primera vez que me ves en pijama. ¿Qué sucede?
—Me voy de este convento. Mañana me regreso a mi pueblo con mi madre. Ella no sabía nada, se lo acabo de decir.
—¿Cómo que te quieres ir? —le preguntó muy sorprendida y de inmediato se puso de pie.

La inocencia en la mentira

—Pero si fuimos a ver la prepa privada para que sigas estudiando. Ya te había dicho que queremos que estudies. Además, sacas buenas notas en matemáticas y creemos que puedes llegar a ser nuestra maestra de matemáticas para dar clases en el colegio. ¿Por qué te quieres ir? —volvió a cuestionarla mientras se cubría con la bata de dormir.

—Yo llegué a este lugar con dos intenciones: la primera era hacer mi secundaria y la segunda, quería intentar conocer otra opción de vida fuera de mi pueblo. La primera la cumplí gracias a mi esfuerzo y también gracias a que ustedes me dieron la oportunidad. La segunda, lamentablemente no llegué a encontrar lo que yo me imaginaba. Al final de estos tres años, he llegado a la conclusión de que no necesito estar en un lugar como este para ser buena o mala persona. El lugar no me define sino soy yo la que, al fin de cuentas, decido cómo comportarme. Obedecer por obedecer no me hace feliz, cuando hago lo que otros quieren que yo haga. Lo siento mucho, pero no puedo obedecerlas, siento que me ahogo en este lugar. No soy libre ni de mis pensamientos. Si usted cree que Dios me castigará en un infierno imaginario, usted lo puede creer, porque yo no. Ni siquiera estoy segura de que ese infierno exista. Al contrario, creo que Dios nos ama libres tal y como somos. Él me ama así con mi rebeldía y mis defectos. Intentaré ser feliz a mi manera, aunque me pueda llegar a equivocar.

—¡Me han tomado por sorpresa tus palabras! ¡Haré de cuenta que no escuché nada! Si no te gusta esa prepa

en el centro, te puedo ofrecer un cambio de ambiente. Te podemos enviar a Roma, a Italia a estudiar. ¿Qué dices?
—No, gracias. Me voy mañana. Muchas gracias por todo.
—Está bien, tomate un tiempo para pensarlo. Ve con tu mamá y piensa que son unas vacaciones y puedes regresar antes del inicio de año escolar. Recuerda que las puertas de esta congregación estarán siempre abiertas para ti. Dios perdona siempre y aquí te espera nuestro señor Jesucristo. Ve a descansar y reflexiona sobre lo que me acabas de decir.

Ita se retiró a la habitación que compartía con sus compañeras. La esperaban despiertas para que les contara qué misterio se traía con la tutora. Les contó todo. No lo podían creer, aunque Rosita ya lo sabía. Ita buscó sus documentos y los guardó en una bolsa de plástico. Sacó el uniforme de la escuela, junto a los otros grises, y los dejó en el ropero. A la mañana siguiente se despertó más temprano que de costumbre. Tendió su cama de forma impecable. Uno a uno fue colocando los uniformes sobre la cama. Primero el de la secundaria, después los dos uniformes grises que le quedaban. Traía puesto el tercer uniforme gris al igual que su par de zapatos.

Varios meses atrás había escuchado, en una de las tantas misas a las que asistió, unas palabras que no dejaban de darle vuelta en la cabeza. Esa mañana se animó a escribirlas en un papel. Dejó la habitación y se dirigió a la cocina. La mesa estaba lista para despedir a la joven que por tres años había formado parte de aquella familia en el convento. Intentaron revivir el ruido de la tarde anterior, pero fue imposible. Ita se

La inocencia en la mentira

levantó primero y fue a lavar los platos, quería asegurarse de dejarlos en su lugar. Su mamá la esperaba en la puerta, le daba pena permanecer más tiempo en aquella casa tan elegante para ella. Les dio las gracias, tal y como sus padres le habían enseñado, y salió con su madre del brazo.

La tutora no podía más, se dirigió a la habitación de las aspirantes, buscaba una respuesta a lo que estaba sucediendo. Sobre la cama de Ita encontró toda su ropa y sus pocas pertenencias. Se había marchado con sus documentos, su diploma de la secundaria y la ropa que llevaba puesta. Sin embargo, encontró una nota sobre uno de los uniformes. La arrebató enseguida, la tomó entre sus manos y la leyó en voz alta: si tan solo haces lo que los demás hacen, ¿qué de extraordinario haces tú? Arrugó el papel entre sus puños y fue hasta la capilla. Sobre el pequeño altar había una charola de plata, allí puso el papel. Tomó una vela encendida y le prendió fuego. Esperó a que se terminara de quemar, quería asegurarse de que las aspirantes no lo leyeran. Después se acercó al reclinatorio que se encontraba en el centro de la capilla, dobló sus rodillas y pidió perdón a Dios. Mientras las lágrimas caían en el piso de mármol, ella le prometía a Dios continuar buscando más vocaciones para su servicio

Anita Corro

Biografía

Anita Corro es originaria de Guadalupe de Ramírez, Oaxaca, México. Asistió a la primaria de su pueblo, terminó la secundaria en diferentes escuelas de su país. Formó parte de las primeras generaciones del COBAO 14 Mariscala de Juárez, Oax. Inmigrante en los Estados Unidos. Estudió inglés como segundo idioma en School of Continuing Education. Asistió a Santa Ana College, California. Ingresó a la Universidad del Estado de California, Fullerton. Se graduó con una maestría en Filología Hispánica. En la actualidad, es profesora de español en el estado de California.

La inocencia en la mentira

Este libro fue premiado por International Latino Book Awards con la medalla de plata, en el 2024.

Anita Corro

La inocencia en la mentira

Made in the USA
Las Vegas, NV
24 March 2025